IGOR BERGLER

6 povești cu draci

IGOR BERGLER

6 povești cu draci

Postfață de
PAVEL ȘUȘARĂ

LITERA®
București
2018

6 povești cu draci
Igor Bergler

LITERA®
Editura Litera
O.P. 53; C.P. 212, sector 4, București, România
tel.: 021 319 6390; 031 425 1619; 0752 548 372
e-mail: comenzi@litera.ro

Ne puteți vizita pe
www.litera.ro

Editor: Vidrașcu și fiii
Redactor: Mihnea Gafița
Copertă: Flori Zahiu
Tehnoredactare și prepress: Cristian Botezatu

Descrierea CIP a Bibliotecii Naționale a României
Bergler, Igor
6 povești cu draci / Igor Bergler. – București: Litera, 2018
ISBN 978-606-33-3019-3
821.135.1

Mihaelei și lui Dinu Dragomir,
prieteni dragi și oameni minunați

„De-a lungul întregii sale vieți, Pablo Picasso a făcut zeci, poate sute de variante ale tabloului său preferat, *Las Meninas de Velázquez.*“

Pierre Courthion

„O, nu vă fie teamă... și dracul este negru
Când stă să-l zugrăvească un iconar integru,
Dar... ici un pic de galben și dincolo puțin
Albastru... și pe gură o dungă de carmin,
Cu toate c-adineaori părea insuportabil,
Din drac urât și negru devine acceptabil.“

George Topîrceanu, *Bacilul lui Koch*

INTRUSUL

A apărut așa, pe nepusă-masă. Neinvitat de nimeni. S-a descălțat, a intrat în sufragerie și s-a așezat pe canapea. O vreme, nimeni nu s-a mirat că era acolo. Până seara, când bunicul a trebuit să se culce chiar pe extensibilul pe care se așezase el. Bunicul era un om politicos. Habar n-avea cum să-i spună că stă pe patul lui și că, dacă nu reușea să adoarmă până la miezul nopții, l-ar fi chinuit insomnia până dimineața.

Cum nu voia să se miște sau părea că nu-i înțelegea limba, bătrânul s-a hotărât să fie mai ferm. L-a apucat de subsuori și a încercat să îl ridice. Întâi cu binișorul, apoi aplicând o forță din ce în ce mai mare. După ce s-a tot opintit preț de câteva minute și a început să transpire și să gâfâie, fără să fi reușit să îl deplaseze nici măcar cu un milimetru, s-a lăsat păgubaș. Roșu la față, cu pijamaua în dungi albe, albastru-deschis și bleumarin, care începuse să se umezească, s-a așezat, cu o figură nedumerită, pe unul dintre cele șase scaune ale mesei din sufragerie. De sub brațe, două pete perfect simetrice își începeau drumul amenințător spre piept, așa cum se întâmplă cu sângele care curge încet, dar inevitabil pe caldarâm, din țeasta spartă a unui bețiv răpus într-o încăierare.

După ce l-a privit o vreme, în tăcere, în ochii mici și negri, din care albul părea că dispăruse în totalitate, a decis să schimbe tactica. A început să negocieze. Să îi ofere tot ce putea să îi treacă prin cap la acea ora târzie din noapte. Cele două bancnote pe care le avea în portmoneu, pălăria cu insigna de la cocoșii-de-munte, cutiuța din lemn primită cadou de la nepot, cea din care, dacă trăgeai de ușiță, un șarpe de un verde violent, cu o limbă despicată, colorată în roșu și galben, ieșea amenințător spre tine, toate nimicurile pe care le avea la îndemână. La un moment dat, a început să crească miza. Peștișorul din sticlă care dădea sacadat din coadă, ca și cum ar fi fost fermecat, dacă apăsai un întrerupător ascuns în spatele panopliei. Până și biletul de tratament, unde urma să plece peste câteva zile.

– Doișpe zile la băi, nu e puțin lucru. E cu împachetări. Cu nămol din ăla bun.

L-am găsit dimineața întins pe jos, unde își improvizase un fel de culcuș, cu plapuma dedesubt, cu haina pusă sub cap, în loc de pernă, și cu cearșaful pe post de pătură. Mama s-a alarmat cel mai tare. Nu a înțeles la început ce pățise. A crezut că i se făcuse rău și leșinase acolo, pe covor. Abia când a văzut așternuturile complet întinse a înțeles că fusese opțiunea lui să se culce pe jos. Am avut senzația că surprind cu coada ochiului un fel de grimasă, o urmă de dezamăgire. Știam, în adâncul meu, că nu-l suporta. Că de când a murit bunica și el s-a mutat la noi, de la țară, se săturase să-i tot spele hainele și să îl slugărească. Nu spunea niciodată asta, pentru că era cea mai de treabă femeie din lume. Dar, câteodată, chiar și pe sfinții cei mai mari îi apucă amocul. Știu asta fiindcă am surprins-o plângând după ce se certase cu el, exasperată, pentru că de mai bine de un an, de când se mutase la noi, nu se spălase nici măcar o dată. Se îmbrăca zilnic în hainele curate pe care i le tot pregătea mama cu stoicism, dar de spălat, nu se spăla niciodată. Criza ei de nervi a avut succes, pentru că l-a speriat până și pe el, omul cel mai insensibil pe care l-am cunoscut vreodată. Singura lui slăbiciune eram eu. L-am văzut atunci intrând în cadă, așa îmbrăcat în izmene cum era.

Dar tata n-a sesizat dezamăgirea mamei când a înțeles că își amenajase culcușul din proprie voință. Întâi s-a întrebat dacă taică-său se țicnise cumva suplimentar, iar întrebarea asta i-a crescut în cap ca o gogoașă când a văzut că întreg frigiderul se mutase pe masa din sufragerie. Bătrânul pregătise niște platouri cu mâncare, în ultima sa tentativă de a-l îndupleca pe intrus să îi cedeze patul sau măcar să se ridice un pic, până ar fi deschis recamierul. Toată pomana porcului, adusă de la unchiul meu și fratele tatei, cu două zile înainte, era întinsă pe platoul nesfârșit de porțelan. Caltaboșul și sângeretele erau tăiate rondele, toba – dreptunghiular. Alături, slănina mărunțită completa șirul indian în care fuseseră așezate. Spărsese și o ceapă, tăiase și câteva felii de pâine. Într-un castronel era așezat cuminte cașul dulce, lângă cel sărat. Pe astea nu apucase încă să le taie. Un pahar de vin roșu, plin, stătea lângă două țoiuri mici și lunguiețe de țuică, dintre care unul fusese golit. Nici măcar salata de boeuf, a cărei maioneză căpătase un galben bolnăvicios din cauza căldurii, nu părea să fi reușit să-l înduplece pe cel așezat.

S-au chinuit să-l ridice, pentru că podeaua tare îi blocase, într-un fel, spatele. L-au așezat pe scaun și au început să îi caute în coarne, o anamneză în toată regula. Mama, care era asistentă medicală, se pricepea la asta. Într-un târziu, a acceptat să răspundă la întrebări prin scurte mișcări ale capului. Nu, nu se simțea rău. Da, era conștient. Știa cine sunt mama și tata. Știa până și cine sunt eu. Nepotul său preferat. Cel căruia îi făcuse atâtea jucării în atelierul său de tâmplărie. Da, până și calul. Da, acela era calul. Călușul cu coamă de aramă. Acum aruncat într-un colț al curții, umflat de ploaie, pentru că mă făcusem prea mare pentru el și începusem să fiu interesat de mașinuțe cu pedale.

Bineînțeles, după această introducere lungă și care avea darul să lămurească starea mentală a pacientului, a urmat, ca o lovitură bine plasată, întrebarea care conta. De ce naiba se culcase pe jos? A aplicat-o tata, cu blândețe. Fără să pronunțe acel „naiba" pe care cu siguranță îl gândea.

Bătrânul a ridicat mâna și, cu arătătorul întins, a indicat spre canapea.

– Din cauza lui! a spus.

Am privit cu toții în direcția indicată. Pe canapea nu era nimeni. Sau cel puțin așa credeam noi atunci, pentru că în afară de noi nu se mai afla nici o altă persoană în încăpere.

Părinții mei trebuiau să ajungă la serviciu. Au decis că era delirul unui om care începe să dea semne de senilitate. După ce s-au convins că era cât de cât normal și că, în afara vedeniei, nu prezintă alte ciudățenii, au plecat. Nu înainte de a mă instrui ce trebuia să fac dacă observam ceva neobișnuit. Orice. Urmau să dezbată chestiunea la cină.

După ce au plecat, l-am lăsat baltă, bineînțeles, pe bătrân în ale lui și m-am dus să mă joc. Ceva însă nu-mi dădea pace. La început n-am putut să îmi dau seama exact ce anume. Cum jocul meu din acele zile avea treabă cu interpretarea unor roluri de detectivi din serialele de sâmbătă seara, *Kojak* și *Mannix* și *Un șerif la New York*, pretext să îmi scot la plimbare cele două pistoale, unul cu țeava scurtă, dintre acelea cum poartă detectivii, am hotărât că nu ajungea doar să mimez o urmărire de răufăcători, ci că ar fi fost cazul să mai și detectivez câte ceva. Am intrat în cameră, de unde bunicul dispăruse. Am auzit cum se trăgea apa la baie. Așadar era bine. Nu trebuia să mă îngrijorez în vreun fel. Am intrat în cameră și am cercetat-o cu cea mai mare atenție. Întrebarea care mă obseda, fără însă să știu care era, dar care îmi stătea la marginea gândului, aștepta să fie formulată.

În timp ce eu eram traversat de revelații prin curte, bunicul, pragmatic cum fusese întreaga lui viață, decisese că trebuia, cu sau fără intrus, să își continue viața, ca un om normal ce se afla. Așa că, înainte de a se ridica de pe scaun, dăduse peste cap și al doilea păhărel de țuică, cel cu care îl îmbiase cu o seară înainte pe oaspetele neinvitat, și o luase spre baie. Apucase să vadă cu coada ochiului cum intrusul se ridica și pornea odată cu el. În timp ce trecea prin fața oglinzii de pe hol a observat că, în spatele său, celălalt se comporta ca un fel de umbră perfectă a lui. Pașii săi au devenit pașii intrusului, mișcarea sa de brațe pe lângă corp – mișcarea celuilalt. A decis pentru moment să ignore ce văzuse. Dar s-a oprit în fața ușii de la baie, fără să o deschidă. Șmecher, a deschis-o brusc și puțin, s-a strecurat repede prin crăpătură și a închis-o la fel de brusc în urma sa.

S-a uitat în jur. Era singur în baie. A rânjit satisfăcut și și-a făcut nevoile. După ce și-a dat jos bluza de pijama, s-a codit un pic dacă să se spele până la brâu sau nu. După povestea cu prima baie, tata începuse să îl convingă, încet-încet, că era cazul să se spele. În ultimul timp începuse să-i placă apa rece și să se împrospăteze până la brâu. Mai greu era cu părțile intime. Tata citise undeva că până și un mare scriitor francez, unul Sartre, mergea la prostituate puțind și că acestea îl rugau să se spele măcar acolo jos, la obiectele pe care urma să le folosească. I-a zis bătrânului că avea de gând să-l strige „Sartre". La care acesta i-a răspuns că n-ar fi fost bine să îl poreclească acum, la bătrânețe. Mai ales cu un nume de câine.

Apoi și-a întins în fața oglinzii spuma de bărbierit. Dar în momentul în care a ridicat mâna în care avea lama, a avut un fel de viziune stranie cum că brațul i se îngroșase, și acum parcă avea un fel de halou în jurul său. S-a rotit un pic spre stânga, și haloul s-a rotit odată cu el. A făcut o mișcare bruscă de cap înspre aceeași parte, și prelungirea capului său a făcut mișcarea odată cu el. A stat ce-a stat și, când a crezut că e cel mai bun moment, s-a lăsat brusc în jos. Intrusul n-a mai anticipat și această mișcare, executată mult prea repede, și a rămas, perplex, în poziția inițială. Sprijinit cu o mână pe cadă, bătrânul își privea oaspetele în oglindă, rânjind. Fața intrusului era la fel de serioasă ca în seara precedentă. Doar că ochii începuseră să devină ceva mai neastâmpărați. S-au privit unul pe celălalt o vreme, așa, prin intermediul oglinzii, până când intrusul a început și el să rânjească.

Nu mi-a fost greu să îmi dau seama ce îmi atrăsese atenția. Haina făcută foștomoc, pe care se sprijinise capul bunicului. Spre deosebire de cearșaf și de plapumă, care stăteau în lada de lângă recamier, perna rămânea așezată pe acesta mai toată ziua. Bunicul o folosea ca să se sprijine pe ea ori de câte ori căuta să ațipească în fața televizorului. De ce nu o luase și pe ea? La cât de bine erau întinse pe jos așternuturile, puțin probabil să fi ales haina, așa, fără motiv. M-am apropiat de perna rămasă pe marginea patului și am studiat-o cu atenție. Avea părțile ridicate și era turtită la mijloc, ca și cum cineva ar fi stat așezat pe ea mult timp. Am încercat-o cu mâna. Era încă destul de caldă. Am cuprins camera dintr-o privire și am înțeles tot – aproape inexplicabil, pentru copilul care eram. Cineva, probabil invizibil pe care bunicul încercase să ni-l indice fără succes, stătuse așezat pe marginea canapelei întreaga noapte. Mi-am încărcat pistolul cu un set de capse noi și m-am așezat liniștit pe scaun, cu arma în mână, în așteptare.

Când s-au întors părinții mei, trecuseră ore bune de când mă distram de felul în care ființa aceea ciudată se purta ca o umbră perfectă a bunicului, imitând mereu toate gesturile acestuia, aproape tot timpul în spatele lui. Chiar și când nu era cu putință. Ca, de pildă, atunci când bunicul se așeza pe scaun. Atunci se așeza și el, într-un mod identic, în spatele bunicului. Numai că se așeza în aer, fără să aibă nevoie de vreun obiect de care să se sprijine. Mie levitația asta, despre care nu sunt sigur că știam atunci cum se cheamă, mi s-a părut foarte *cool.*

Le-am povestit mamei și tatei cum dedusesem prezența unui intrus și cum, așezat cu pistolul în mână, îl văzusem pe bunicul ieșind din baie. În spate, părea să aibă un fel de dublură a persoanei sale, care se mișca odată cu el. Doar când trecuse prin fața oglinzii văzusem că acea desfășurare, spectrală la început, prindea încet-încet un soi de corporalitate.

– Și acum îl vezi? a întrebat tata nedumerit, fără să fie foarte sigur dacă nu era din nou vreun ferment delirant al imaginației mele foarte bogate din acea vreme sau dacă nu făcusem vreo înțelegere cu bunicul, să râdem de el.

A durat ceva până când părinții mei au trecut prin toate stările, de la râs la ușoară iritare și apoi la enervare. Tata a început s-o întrebe pe mama dacă mâncaserăm amândoi din maioneza aia care se alterase sau dacă ciupercile pe care le pusese în salată nu erau cumva halucinogene. În tot acest timp, bunicul nu scotea nici o vorbă. Nu îl mai putea vedea pe intrus, pentru că stătea mai tot timpul în spatele lui. Până când mi-a trăsnit o chestie prin cap. M-am dus în camera mea și m-am întors cu o cantitate enormă de plastilină. Mi-am sacrificat, nu fără să regret, cele două castele pe care le construisem, și toți cavalerii și prințesele care le populau. Am făcut un fel de blat din plastilină și l-am așezat pe la mijlocul canapelei. Apoi l-am luat pe bunicul de braț și l-am pus să se așeze pe canapea. Nu înainte de a-i trage de mână pe părinții mei, cât mai aproape de construcția din plastilină, în spatele bunicului. La scurtă vreme după ce s-a așezat, plastilina a început să se modeleze singură, prinzând forma unui șezut uman. Nu i-am văzut niciodată pe-ai mei atât de uimiți ca atunci. Stăteau cu gura căscată și priveau fix platforma pe care o modelasem. L-am mișcat apoi pe bunicul, l-am pus să-și înfigă câte două degete, de-o parte și de alta a corpului, în canapea, și imediat câte două urme de degete au apărut de-o parte și de alta a bucății de plastilină. Tata a încercat să îngaime ceva.

– Așteaptă, am zis, n-o să vezi totul până nu o să fii convins că e ceva de văzut!

A mai durat câteva minute până când mama întâi, apoi și tata să înceapă să deslușească un contur uman așezat pe blatul improvizat de mine. Apoi, încet-încet, a apărut un fel de spectru, învăluit în ceață, ca o stafie. Pe măsură ce imaginea devenea mai definită, ce căpăta substanță, definitivarea conturului ei a început să se accentueze. Cel puțin așa le povestea tata, ani mai târziu, întreaga revelație celor care aveau chef și timp să îl asculte. Când, într-un târziu, au putut să îl vadă întreg, cu fața aceea excesiv de palidă, îmbrăcat în costumul negru, de cioclu, cu ochii aceia cotropiți în întregime de pupilele negre, ca niște găuri fără sfârșit, privindu-i fix și cumva galeș, au avut amândoi, simultan, o presimțire neagră.

– Știu ce credeți, a rostit, la un moment dat, bunicul. Că e moartea și că a venit să mă ia.

– Îi lipsește coasa, a încercat tata o glumă, ca să își ascundă emoția. Moartea e femeie și are coasă.

Îngrozită de continuarea poveștii și, poate dintr-un defect profesional, mama l-a apucat de încheietura mâinii pe intrus și a încercat să îi ia pulsul. Cum nu simțea nimic, a ieșit în hol, s-a întors cu stetoscopul și a început să-l asculte. Apoi a dat negativ din cap spre tata, care aștepta îngrijorat rezultatul.

La început s-au ascuns. Au discutat departe de noi, în curte, în foișor, în bucătărie sau chiar în pivniță. Eu îi mai urmăream și mai trăgeam cu urechea. Habar n-aveau ce să facă. Să cheme poliția, vecinii, prietenii, salvarea, pompierii? Cum era evident că trebuia să crezi că există, ca să îl poți vedea, s-au temut să nu se facă de râs sau să nu înceapă lumea să îi considere nebuni. În prima noapte, chinuit de insomnii, tata s-a repezit la canapeaua pe care dormea bunicul, l-a prins de brațe pe cel întins lângă el, cu ochii deschiși, și a încercat să îl dea jos din pat. N-a reușit nici măcar să îl clintească.

Au trecut câteva zile până când am început să ne obișnuim cu el. Nu făcea rău nimănui, nu cerea de mâncare. De fapt, nici unul dintre noi nu l-a văzut să bage în gură ceva. Niciodată. Tot ce făcea era să fie prezent și să acționeze, din când în când, ca umbră a bunicului.

Până în dimineața în care, trecând prin fața oglinzii din hol, tata l-a văzut în spatele lui, făcând aceleași gesturi pe care le făcea el, sincronizate perfect. Atunci s-a îngrozit atât de tare că ori era moartea și nu se hotărâse încă pe cine să ia, ori avea să devină umbra lui și să îl urmărească peste tot, încât a decis că trebuia să facă ceva. A plecat la fratele lui, după ce s-a asigurat că ieșise din casă fără umbră, și i-au trebuit câteva ore bune să-l convingă pe acesta că n-o luase razna și că ce îi povestea era perfect adevărat. S-au întors împreună acasă. Nu fără ca tata să-și prelucreze fratele tot drumul, atât de tare, încât unchiul ajunsese convins de existența intrusului și, bineînțeles, a trecut prin tot procesul – de la apariția spectrală până la întâlnirea de gradul trei.

Unchiul meu a fost mereu cel care rezolvă orice problemă în familia noastră, așa că au stabilit că ce aveau în față era puțin probabil să fie moartea – genul, lipsa coasei etc. – și au decis că îl aveam în casă pe necuratul. Iar soluția pentru o astfel de apariție nu e poliția, nici salvarea, nici vreun medic psihiatru, ci de-a dreptul popa. Unchiul avea o relație cu un preot din satul în care stătea și despre care auzise povești cum că rezolvase o problemă asemănătoare când, tot așa, pe nepusă-masă, în coteţul din curtea unui cetăţean apăruse un domn bătrân, cu niște aripi exagerat de mari. Or, în cazuri de felul ăsta experiența e decisivă. Nu numai că părintele nu i-a privit ciudat, dar a crezut tot ce a auzit, de la primul la ultimul cuvânt, și s-a oferit, așa cum se și cuvine, să-i însoțească.

Preotul a intrat la noi cântând și a ieșit blestemând. Asta, după ce timp de șase ore s-a tot chinuit să îl vadă pe intrus. Nu e șmecherie pe care să n-o fi încercat. Nu e formulă magică sau rugăciune pe care să n-o fi rostit. Întreg arsenalul său de incantații a fost pus la bătaie. N-a reușit să ajungă nici măcar la prima fază, cea a conturului vag. Am fost nevoit să reiau experimentul cu platistilina ca să îl convingem că nu făceam o glumă. Dar asta, în loc să îl liniștească un pic, l-a lovit și mai tare. Era dezamăgit, răvășit de propria-i neputință spirituală. La un moment dat s-a așezat pe pat și s-a scremut atât de tare să se concentreze, încât ne-a fost teamă să nu-i explodeze ochii în orbite. Între timp, venise și soția unchiului meu, împreună cu cei trei copii de patru și cinci ani. Gemenii, mai mici, l-au observat de cum au intrat; celui mai mare i-au trebuit câteva minute să îl zărească. S-au cocoțat pe el, au început să îl tragă de nas, de urechi. Nu s-a opus deloc, din contră, părea că îi plăceau copiii, pentru că, la un moment dat, am intuit că un zâmbet i se așternea pe față și parcă obrajii începuseră să i se coloreze. Mai mult, când copiii au început să dea semne de plictiseală, a scos de undeva, de la spatele pantalonilor, o coadă stufoasă cu un smoc roșiatic în vârf, iar cei mici s-au urcat pe ea, și casa a început să răsune de chiotele lor când a început să îi plimbe călare, pe deasupra capetelor tuturor, prin întreaga sufragerie. Îmi imaginez doar ce trebuie să fi fost în sufletul bietului popă când a văzut copiii zburând prin aer ca și când ar fi călărit o coadă de mătură, doar că mătura lipsea cu desăvârșire.

Părintele însă nu s-a lăsat. Ajuns acasă, a început să țină slujbe înfocate și să le povestească tuturor, cu o mină amenințătoare, despre recenta apariție a diavolului. Orgoliul său nu l-a lăsat să spună că el, de fapt, nu văzuse făptura, dar, pentru că era un om onorabil, nu foarte obișnuit să mintă, nici n-a spus vreodată explicit că ar fi văzut-o cu propriii-i ochi. Așa că rezultatul a fost un fel de exprimare ambiguă, foarte asemănătoare cu relatările pe care le făcuse despre îngerul cu aripi, cel care locuise o vreme într-un coteț, undeva la țărmul mării.

Pe vremea când începuse să se ducă buhul în satele învecinate, iar vestea începuse să se răspândească la fel ca molima spre oraș, cuprinzând cartier după cartier, intrusul, cu care începuserăm să ne obișnuim și pe care verișorii mei cei mici îl strigau „Oți“, probabil pentru că mama lor le spusese că îl chema Scaraoțchi, renunțase de mult să mai fie umbra cuiva. Drăcușorii cei mici reușiseră să îl scoată din casă. Bunicul îi construise un pat special și-i amenajase un fel de cameră în hambar. Intra în casă când avea chef și apărea când te așteptai cel mai puțin. Dar vremurile în care aparițiile sale ne dădeau fiori trecuseră de mult, iar în ultimul timp, atât eu, cât și tata și mama ne distram foarte tare când îl găseam ba sub masă, ba cotrobăind prin pod, ba levitând deasupra mașinii celei noi a tatei, pentru care părea să fi făcut o pasiune. Cert e că avea un simț al umorului dezvoltat. Aparițiile sale erau de un comic nebun. Mai ales în momentele în care îmbrăca hainele părinților mei. Ne-a smuls aplauze când a apărut, într-o duminică, la masă îmbrăcat cu sutienul și capotul mamei, încălțat în singurele ei încălțări stiletto. Mama a râs atât de tare încât a căzut de pe scaun. Dar fața îi rămânea rigidă și fixă, fără să schițeze niciodată un zâmbet, ca actorul acela american cu chip de piatră, pe care marile studiouri îl plătiseră să nu râdă niciodată, nici pe ecran, nici în viața reală. Buster Keaton, parcă.

Zilele noastre lipsite de griji au început să pălească atunci când primii pelerini au apărut în fața porții noastre, cerând imperativ să îl vadă. La un moment dat se strânseseră atât de mulți, încât tata și mama au avut o discuție serioasă despre o propunere a unchiului meu, care, pragmatic cum îl știam, zisese că ar fi fost grozav dacă le-am fi tăiat bilete grupurilor de vizitatori. Tata a refuzat categoric să profite de pe urma nefericitului care nu făcea rău nimănui. La început i-a lăsat pe câte unii să intre în curte, iar cei mai mulți dintre ei erau așa de convinși de existența lui, încât începuseră să îl vadă cu mult înainte de apariția sa la unul dintre geamurile șopronului, în mansarda lui improvizată. La un moment dat, mătușa s-a dus să vorbească personal cu el, să îl roage să iasă un pic în curte, pentru că o croitoreasă la care avea un oarecare interes venise cu tot clanul și aștepta la coada imensă care se întindea pe câteva străzi. Dar când s-a lăsat, în sfârșit, înduplecat, niște tineri de peste gard au început să arunce în el cu pietre, să huiduie, să înjure și să blesteme cu niște vorbe teribile, pe care eu nu le mai auzisem până atunci niciodată. Intrusul, probabil de frică, i-a sărit tatei în brațe și i-a cuprins gâtul cu ambele mâini. Cine știe ce s-ar fi întâmplat în acea seară dacă bunicul n-ar fi scos biciul cel vechi din șopron și n-ar fi început, ca un adevărat îmblânzitor de lei, să își ia avânt și să pocnească, cu fandări elegante de spadasin, cu el peste gard. Fiecare lovitură a biciului scotea un zgomot ascuțit când atingea fețele sau spinările oamenilor de dincolo de porțile din fier forjat. Și de fiecare dată, urlete de durere răzbăteau din stradă. În spiritul solidarității familiale, mama s-a urcat în pod și a scos pușca cu aer comprimat. A umplut-o de alice și a început să tragă în direcția mulțimii, care, lașă, cum sunt de obicei mulțimile care nu au un conducător, a considerat că un drac care arată ca un om și care nu face nimic spectaculos nu merită ca ei să se trezească cu urme de bici pe față și alice înfipte în dos, așa că s-a risipit.

După experiența aceasta, spectatorii speriați au început să se rărească, verișorii mici au început să se plictisească, iar nouă a început să ni se pară că intrusul devenise parte integrantă a casei, un fel de mobilă care, de vreme ce nu trebuia hrănită și îngrijită, putea fi ignorată. Intrusul a început să ne viziteze din ce în ce mai rar. Cea mai mare parte a timpului și-o petrecea la fereastra de la mansarda improvizată, privind lumea, fără ca oamenii care treceau pe stradă să îl mai vadă vreodată. La un moment dat, tata m-a întrebat unde dispăruse intrusul. I l-am arătat la fereastra șopronului, unde, cu bărbia sprijinită în palme, privea fix două pisici negre care se jucau prin curte. Dar tata nu l-a mai putut vedea. Nici mama și, într-un târziu, nici bunicul. Ultimul care a dat cu ochii de el – și asta din ce în ce mai rar, tot mai puțin definit, tot mai lipsit de volum, tot mai spectral, până a rămas doar un contur și până când, în cele din urmă, a dispărut cu desăvârșire – am fost eu. Mi s-a părut că l-am mai văzut o singură dată, la câțiva ani după aceea, la înmormântarea bunicului, când s-a ridicat deasupra mulțimii pentru a putea privi mai bine evenimentul. Fața lui era, cred, marcată de durere.

Sunt mai mult de douăzeci de ani de atunci și mi-l amintesc uneori cu plăcere și nostalgie. O vreme, prezența lui a fost semnalată în mai multe case. Mulți oameni s-au lăudat că locuia la ei sau că devenise umbra lor sau a unora din familiile lor. Dar eu nu i-am crezut niciodată.

UN DETECTIV ȘI NIȘTE TABLOURI DINTR-O EXPOZIȚIE

S-a întâmplat la ora cinci. Fix. Știm asta pentru că, în momentul în care terminase de descuiat ușa galeriei, auzise pendula bătând exact de cinci ori. Trebui să aprindă lumina, pentru că era cea mai scurtă zi din an și se întunecase deja de mult. Era primul. Ceilalți angajați ai salonului nu sosiseră încă, deși mai era doar o oră și jumătate până avea să înceapă vernisajul. Curatorul își scutură bine bocancii plini de zăpadă pe mocheta destul de roasă de la intrare. Dacă ar fi privit cu atenție, ar fi observat niște urme neobișnuite pe ea. Dar nu-i trecu prin cap. Și ce motive să fi avut să o facă? Așa, nu numai că nu observă nimic, dar șterse și o dovadă esențială, care ar fi putut fi folositoare în ancheta ce avea să urmeze. Ca să nu mai punem la socoteală că, poate, un semn timpuriu sau măcar o vagă bănuială l-ar fi scutit de șocul pe care urma să îl aibă.

Intră așadar în încăpere, ascultând cu plăcere zgomotele ascuțite pe care le scoteau luminile de neon, în timp ce se aprindeau progresiv, tot mai departe, spre capătul celălalt al galeriei. Totul fusese pregătit încă de dimineață, așa că mai rămăseseră de pus la punct numai câteva detalii. Instalația de sunet era și ea pregătită. Cele două angajate urmau să aducă platourile de gustări. Poate că de aceea întârziau. Cu traficul din acea zi, nici nu era de mirare. „Totul e să ajungă înaintea invitaților", își spuse Dezideriu Blaier. Și-ar fi continuat gândul de patron tipicar, obsedat de ordine, dacă nu ar fi ridicat privirea în direcția tablourilor. La început, crezu că i se părea, că halucina sau că nu își mai aducea aminte exact cum arătau tablourile, deși le catalogase personal, cu fotografii și tot dichisul. Se apropie de prima simeză, scotoci în buzunarul de la piept după ochelarii care alunecaseră prin găurica din căptușeală și, cu ei pe nas, privi mai cu atenție. Primul tablou, apoi pe al doilea, apoi pe al treilea. Pe măsură ce înainta printre picturi, simți cum i se ridica pielea pe deasupra sprâncenelor și, mai ales, în spatele urechilor clăpăuge, mari ca niște castroane de satelit, construite parcă să prindă semnale din alte lumi.

Îl trezi din starea de șoc un zgomot de porțelan care se făcea țăndări pe gresie. O bucată de caracatiță se prinse cu tentaculele de bocancul său stâng, iar alta i se urcase pe cracul pantalonului, ca și când ar fi vrut să îl tragă odată cu ea în adâncuri, în semn de răzbunare că tot dezmățul ăla obscen de crustacee avea să se risipească. Mișcă piciorul, parcă încercând să se ferească de bucățile de alimente, care se rostogoleau cu încetinitorul. Calamari și raci roșii, aproape aburinzi, așa cum și-i închipuise artistul, scoici și stridii neerlandeze și cleștii unui homar enorm. Cu tocul bocancului, călcă puternic un ciob din vasul de porțelan, care se sparse cu un zgomot ascuțit sub apăsarea lui de urs bătrân, transformat acum într-un la fel de bătrân lup de mare, iar cu vârful zdrobi o roșie pitică care își împroșca lichidul pe podea, în tentativa de a da o tușă definitivă operei de artă întâmplătoare ce începea să se întrezărească pe mozaicul alb, un fel de formă zero a picturii, ce urma să fie pierdută aproape imediat. Podeaua se transformase într-un fel de suport artistic, aflat acum într-o corespondență ciudată, dar inversă în raport cu pânzele de pe pereți. Pentru că, în timp ce gresia începea să se umple, pânzele începuseră să se golească.

Se auzi un zgomot dinspre sud, la trei tablouri depărtare. Un miel plan începuse să se scurgă din alt tablou, fără să lase nici măcar o urmă de culoare pe peretele ocru pe care se prelingea. Se uită rând pe rând la celelalte tablouri. Din primele șase lipseau bucăți mari din picturi. Se apropie de fiecare. Și, cu toate că le știa pe dinafară, se duse la suportul metalic și luă una dintre broșurile în care erau prezentate, cu o grijă minuțioasă pentru detaliu, toate operele ce urmau să fie vernisate în acea seară. Ultimele șapte erau intacte.

Doar celelalte aveau goluri mari, ca și cum ar fi decupat cineva părți întregi din ele. Într-un fel ciudat. Nu putea fi vorba despre decupaje, pentru că pânzele erau intacte; doar uleiurile dispăruseră de pe ele cu totul, ca și cum cineva le-ar fi smuls de acolo sau – iar gândul acesta îl făcu din nou să se înfioare – ar fi coborât singure.

Atât bolul cu mâncare, cât și mielul se scurseseră prin locurile lăsate goale de pe pânze. La cele din care nu lipseau elemente care să fi fost pictate până la margine, nu se întâmplase nimic. Acolo nu exista, categoric, un culoar de scurgere. Deduse prima regulă: „Curg din picturi elemente care ating o margine liberă". Luă repede o pensulă și se repezi spre cele două tablouri care aveau marginea pânzei nepictată. O înmuie în prima vopsea pe care o găsi la îndemână. Trase câte o dungă galbenă, la marginile celor două picturi. Lumânarea din tabloul din care se deșertase castronul de porțelan se opri pâlpâind în fața liniei galbene. Transpirat, se așeză satisfăcut. Reușise să oprească exodul. Trebuia să afle a doua regulă. De ce numai primele șase? Ce aveau acestea în comun?

*

Începuse să sosească lumea. Invitații veneau în grupuri, mai mici sau mai mari. Ajunseseră și cele două asistente. Una dintre ele, la vederea catastrofei, scăpă unul dintre platourile cu mâncare, care începea să se amestece cu fructele de mare scurse din tablou, dând operei de artă înfiripate pe gresia albă un ton puternic contrastant, ușor eclectic. Curatorul ar fi vrut să-i oprească. Încercase să îi împiedice pe primii să intre, dar nu-și găsise cuvintele. Așa că se dăduse bătut. Mai ales că înțelesese exact ce se întâmplase. Nu și cum ar fi fost cu putință așa ceva. Și nici motivul. Dar ce se întâmplase îi era clar. Și, cu toate că era creștin nepracticant, cam agnostic, în momentul în care își dădu seama, își făcu semnul crucii.

În foarte scurt timp, galeria se umpluse până la refuz. Artistul, care venise ultimul, așa cum îi șade bine unei vedete, fu împiedicat de amicii lui să intre. Ieși scandal. Pictorul începu să urle și să se lupte. Nu înțelegea ce se întâmpla. Până la urmă, după ce împărți ghionturi și chiar un pumn, înjurând și urlând, reuși să se strecoare prin semicercul celor adunați la vernisaj, dar care păstrau o sanitară distanță față de tablouri. Străpunse blocada și ajunse în fața grupului, unde, pe o băncuță, stătea așezat curatorul. Artistul, care inițial fusese concentrat la propria-i luptă, îl privea acum nedumerit pe curator. Se făcu liniște și lumea așteptă să vadă reacția pictorului. Într-un târziu, acesta ridică ochii spre perete. Ochii i se bulbucară, tensiunea războinică pe care o simțise înainte începu să se transforme, încet-încet, în contrariul ei. Sângele începu să-i se scurgă din obraji. Aproape că-l simțea cum cobora, cum îi părăsea corpul. După care se prăbuși pe gresie. „Natură moartă cu artist leșinat“, spuse un ziarist rău de gură, din primul rând.

Câteva minute mai târziu, după ce unda de șoc părăsise asistența, oamenii se adunaseră grupuri-grupulețe și își dădeau cu părerea despre ce se întâmplase. Una dintre cele două asistente, cea mai tare de înger, îi pusese comprese artistului și acum îi făcea vânt cu un fel de evantai. Cum acesta refuza să se trezească, femeia ieși din vernisaj și se întoarse la scurtă vreme cu un bulgăre de zăpadă în mână. Îl spălă pe pictor pe față, dar efectul scontat se produse abia după ce-i băgase o cantitate consistentă de zăpadă între gât și gulerul cămășii.

Cu catalogul expoziției în mâini, oamenii voiau să se convingă ce dispăruse din tablouri și, după ce se lămuriseră cu toții, începură să discute tot mai aprins despre ce ar fi urmat să facă. De vreme ce mai mult de jumătate din asistență era superstițioasă, începuse să plouă cu cruci, scuipaturi în sân și multe invocări ale divinității. Cei cu simț practic discutau dacă să cheme poliția. În cele din urmă, cineva telefonă la 112.

Galeria era deja neîncăpătoare. Venise un echipaj de poliție, în mod evident lipsit de gust și de cunoaștere într-ale artei și care considera că avea de-a face cu o glumă proastă sau cu vreun moft. Ba chiar unul dintre agenți îndrăzni să spună că sunt oameni care, cu vremea respectivă, au lucruri mai serioase de înfruntat, probleme mai grave și că n-ar trebui să-și piardă vremea cu prostii. Dar, pentru că în public se aflau persoane influente, printre care și un ministru, mai chemară un echipaj, pentru ca, în cele din urmă, să ajungă la expoziție și un chestor de poliție, prieten cu ministrul în cauză. Nici unul dintre polițiști nu părea să ia în serios întâmplarea, până când cineva din public afirmă sus și tare că un singur tablou dintre acelea era vândut în străinătate cu mai multe sute de mii de dolari. Asta le captă tuturor atenția. În sfârșit, era ceva ce puteau înțelege.

*

La mai mult de două săptămâni de la incidentul din galerie, ancheta nu avansase în absolut nici un fel. Presiunile puse asupra poliției de către prietenii artistului, ai ministrului și ai curatorului, care era celebru, începeau să facă aproape insuportabilă situația. Până la urmă, soluția veni de la însuși ministrul de Interne, care, înainte de a fi numit ministru, fusese șeful poliției unui județ din nordul țării. Acolo avea un detectiv foarte pasionat de artă. Și foarte cult, întărise cu mândrie, uitând cu totul că tocmai gradul înalt de educație al subalternului său îl călcase întotdeauna pe nervi și-l făcuse să îl marginalizeze. Lucrul care îl enerva cel mai tare la acesta erau rapoartele care aduceau mai mult a opere literare decât a documente seci de uz intern. Iar cel mai deranjant la ele era lipsa totală a oricărui rudiment de limbă de lemn. Ministrul, care gândea în prefabricate și se exprima numai în clișee, era absolut îngrozit de orice ar fi putut să-i zdruncine certitudinile și rutina.

– E un criminalist desăvârșit, zise ministrul. Are două facultăți și, dacă îmi amintesc bine, e și răspopit. Adică acoperă toate chestiile sensibile din cazul ăsta, îi spuse curatorului. Cred că, dacă poate cineva să rezolve cazul ăsta, el e singurul.

*

– Cum adică au fugit dracii din tablourile astea? întrebă Bonifaciu Cseke-Țâră, privindu-și superiorul cu ușoară nedumerire.

– Uite așa, cum îți zic, răspunse acesta, în timp ce îi întindea două serii de fotografii – cele cu tablourile intacte, făcute pentru broșură, și cele rezultate în urma incidentului de la expoziție.

În timp ce detectivul se chinuia să priceapă ce s-ar fi putut întâmpla, ministrul continuă să vorbească:

– Știu că nu ne-am înțeles niciodată. Am pornit cu stângul în relația noastră. Dar acum ai ocazia să dovedești că m-am înșelat asupra ta și să arăți dacă ești chiar atât de deștept pe cât te crezi.

Fără să pară că auzea ce i se spune, detectivul își rosti cu voce tare gândurile:

– De aici nu se vede clar. Dar pânzele astea nu sunt tăiate. Par intacte. Mă refer la materialul de sub vopsea. Uleiuri, nu?

În mod surprinzător, ministrul nu păru deranjat că fusese întrerupt din discursul său sforăitor. Din contră. Se apropie de detectiv și, în timp ce se apleca deasupra lui, ca să vadă mai bine fotografiile, răspunse:

– Da, pânzele sunt intacte. Dacă a smuls cineva dracii ăia din tablouri, i-a prins de un capăt și i-a scos de acolo cu totul. Sau i-a râșcâit cumva cu o spatulă fină, sau ceva.

– Fără să lase nici o urmă? Și cum i-a desprins? Ziceți că i-a prins de un capăt. Uleiurile nu se dezlipesc așa, ca o pojghiță, ca niște abțibilduri. Și exact pe contururile personajelor.

Ministrul se scărpină în creștetul capului. În acea poziție, ai fi zis că medita.

– Mi se rupe, răspunse într-un târziu. Dar scandalul a ajuns la cer. E plin de babe habotnice, politicieni din Evul Mediu care cer imperativ să se lămurească situația. România e, în discursurile lor, cotropită de diavoli acum. Catedralele sunt pline. Patriarhul mă sună de patru ori pe zi. Se rostesc cuvinte pe care nu le înțeleg. Bisericești. Tu știi ce-i aia parusia?

Detectivul nu apucă să deschidă gura, pentru că ministrul ținea să-și ducă ideea până la capăt:

– Sigur că știi. De-aia ești bun. Că ai fost popă.

– Popă n-am fost niciodată, încercă Bonifaciu, dar fu întrerupt din nou:

– Mă rog, ai făcut teologia. Tot aia e. Așa că, dacă e, la o adică, o treabă cu Ucigă-l-Toaca, un exorcism ceva, te-ai putea descurca și cu asta. Chestia care-i sperie pe toți cel mai tare e ipoteza că dracii ăia, șase sau câți sunt, au coborât singuri din tablouri. Și își fac de cap printre credincioși. În două săptămâni, avem mai mult de patruzeci de mii de mesaje, scrisori, telefoane, telegrame, sms-uri, postări pe site-ul ministerului, până și misive strecurate pe sub ușă. Au început procesiuni pe marile bulevarde, cu fețe de sfinți morți purtând cruci. Tot felul de oameni deranjați rău la mansardă își pârăsc vecinii și rudele că îi ascund pe dracii ăștia. Au fost semnalate mii de apariții ale lor mai peste tot. Pe doi dintre ei cică i-au văzut ținându-se de mână într-o poziție… cum să spun… Se căcau pe acoperișul Casei Poporului.

– Cum? întrebă detectivul, ca și când n-ar fi fost sigur că nu-i țiuiau urechile.

– Hai, că n-am chef să repet toate mizeriile. Abia acum îmi dau seama ce turmă de cretini păstorim. Orice ar fi, trebuie să rezolvi asta. Eu sunt convins că s-a distrat cineva cu chestia asta. Știa ce-o să se întâmple. Sau e o răzbunare. În nici un caz ceva supranatural. Dar, și dacă e ceva supranatural..., continuă ministrul, după care făcu o pauză, parcă încercând să formuleze cât mai clar.

Detectivul așteptă sugestia șefului său.

– ...dar și dacă ar fi, concluzia trebuie să fie că e o farsă. Oricum, ceva logic.

– Vreți să mint în raport?

– Nu, bre, tu scrie ce descoperi. Și nu discuți cu nimeni altcineva. Explicațiile oficiale le dăm noi. Ai trei săptămâni la dispoziție, spuse tăios. Până începe postul Paștelui. Dacă rezolvi asta, reveni, schimbându-și tonul, viitorul tău e rezolvat.

*

Exact trei săptămâni mai târziu, detectivul Bonifaciu Cseke-Țâră călca țanțoș prima treaptă a clădirii ce adăpostește Ministerul de Interne. Aghiotantul ministrului venise personal să îl ia și îl duse în biroul acestuia cu viteza luminii, fără să țină cont de vreunul dintre filtrele atât de complicate de la intrare, menite să îl țină pe șeful tuturor polițiștilor țării departe de orice cetățean mai nervos care ar fi încercat să ajungă la el.

Ușa de la birou era și ea larg deschisă, și ministrul făcea ture prin cabinet de nerăbdare. Situația din țară ajunsese de necontrolat, iar guvernul își liniștise cetățenii prin transmisii vaste pe toate canalele media, spunând că fusese descoperit făptașul, iar misterul elucidat. În seara aceea urma să se țină o conferință de presă.

– Nu înțeleg, de ce nu ai vrut să îmi spui la telefon? întrebă ministrul, agitat. E chiar atât de grav?

În semn de răspuns, detecivul îi întinse dosarul.

– Ăsta e raportul? Așa de gros? Zi pe scurt.

– Nu se poate, răspunse detectivul. Trebuie să citiți.

– Ce mama dracului, zi pe scurt. Doar nu te aștepți să citesc toată chestia asta. Cine naiba te crezi, Tolstoievski?

Chipul impasibil al detectivului îl enervă pe ministru și mai tare.

– Chiar vrei să citesc toată asta? Zi, bă, pe scurt, foarte pe scurt, după aia răsfoiesc și raportul. Vreau să știu și eu pe ce mama naibii ai cheltuit 80 000 de euro în trei săptămâni. Bilete de avion în toată Europa, în America, taxiuri pe distanțe mari, contacte cu Interpolul. A devenit internațională, chestia asta?

Din nou, din partea cealaltă nu veni nici un răspuns. Doar un chip de neînduplecat. Așa că ministrul își schimbă tonul, cum învățase să facă în tinerețe, când ancheta câte o nucă tare, jucând, pe rând, rolul polițistului bun și al celui rău.

– Uite, îți dau orice vrei. Te fac secretar de stat, te medaliez în fața poporului, numai spune-mi.

Oftatul detectivului îi trezi o fărâmă de speranță ministrului, care se repezi la masa unde trona o sticlă de Jack Daniels. Turnă două pahare și îi întinse unul detectivului.

– E foarte greu de explicat. Din păcate, ca să înțelegeți, trebuie să citiți tot raportul.

– Îhhh, mârâi ministrul, cu un ultim gest de furie, în timp ce ridica pumnul. După care se prăbuși învins în fotoliu, mușcându-și mâna cu zgomot.

– Măcar spune-mi dacă e o chestie supranaturală sau nu. Dacă a trebuit să te plimbi atât, presupun că e o farsă elaborată. Nu văd nimic despre biserici sau cimitire prin deconturile astea.

– E complicat, răspunse detectivul. E o problemă mai degrabă, cum să-i spun?... de ordin estetic. Citiți.

– Estetic?

Fără să mai aștepte vreo reacție, făcu militărește stânga-mprejur și părăsi biroul.

Învins, ministrul își chemă aghiotantul. Se așeză comod în fotoliul din piele, își puse picioarele pe masă, își umplu paharul până aproape de buză și îi ordonă acestuia:

– Citește!

Aghiotantul nu pricepu ce îi cerea șeful să facă. Se gândi că se făcea de râs dacă se apuca să pună întrebări. Așa că încercă să deducă după obiectele care îl înconjurau pe ministru. Văzându-l cât era de nedumerit, pe șeful său aproape îl pufni râsul. Zise:

– Dosarul ăla albastru de pe masă. E raportul lui Țâră.

Aghiotantul pocni din călcâie, precum un subofițer austriac din Primul Război Mondial, K.u.K., și se aplecă spre dosar. Îl cuprinseră toate transpirațiile. Nu-i mai ceruse nimeni să citească, indiferent ce, cu voce tare, de foarte mult timp. Se aplecă după dosar și îl deschise cu teamă. Își îndreptă spatele și, în poziție de drepți, cu gleznele lipite, începu să citească ușor și rar, ca să nu se încurce:

– „Raport cu privire la misterioasa dispariție a șase draci din șase tablouri diferite dintr-o expoziție. Către domnul ministru."

– Lasă, bre, astea, că nu mă interesează. Treci la text. Și ce naiba citești așa de rar? Dă-i drumul, că ne-apucă noaptea, și avem o conferință de presă de ținut.

Aghiotantul simți cum o picătură de sudoare i se prelingea de pe frunte pe lângă nas și o văzu căzând pe prima pagină a raportului. Nu știa dacă era cazul să se repeadă s-o prindă sau să ducă mâna la buzunar, să caute niște șervețele, ceva. Cum șeful său nu observase incidentul, se șterse cu mâneca pe frunte și se reapucă de citit. De data aceasta, puțin mai repede, dar concentrându-se să rotunjească precis cuvintele, astfel încât acestea să ajungă la urechile șefului cât mai clare.

– „Pe mine, pictorul Ilie Vasiluță-Pitești m-a călcat întotdeauna pe nervi. În tot ce face, pare că violează arta plastică. Succesul lui internațional, de netăgăduit, din păcate, îl pun pe seama unui fel de mirare a Occidentului, care, după ce a consumat toate formele de avangardism și modernitate, vrea să se întoarcă la o pictură figurativă, destul de primitivă. Ca să vorbesc mai pe înțeles, cred că lumea care îl cumpără e fascinată mai degrabă de propriu-i trecut, pe care îl regăsește în tușele acestei maimuțe care s-a apucat de pictat. La care se adaugă o foarte pregnantă și dominantă obsesie ortodox-bisericească, una care pesemne că le lipsea primilor neanderthalieni. Chiar dacă mă tentează, n-o să transform acest raport într-o monografie a lui Vasiluță și o să mă rezum doar la fapte."

– Slavă Domnului, zise ministrul, pe care erau cât pe ce să îl apuce pandaliile. Intelectualii ăștia nu se pot exprima normal. Zi faptele!

– Poftim? întrebă aghiotantul, care nu înțelesese nimic din textul pe care îl citise, dar era destul de încântat de propria-i performanță.

– Adică dă-i mai departe!

– „Așadar, iată faptele“, continuă aghiotantul, fericit că trecuse cu bine primul hop. „Pictorul în cauză a produs, de această dată, o expoziție fie și parțial diferită de cele anterioare. În șase dintre tablourile expuse, sunt figurați diavoli în diferite ipostaze care au de-a face, toate, cu păcatele capitale. Acestea sunt: mândria, avariția, desfrânarea, invidia, lăcomia, mânia și lenea, după cum le definește Evagrie Ponticul, unul dintre Părinții Bisericii. Am putea intra și aici într-o polemică și să comentăm că invidia, de exemplu, era inițial tristețe, dar că e definită mai târziu, în *Filocalii*, ca tristețe față de bogățiile altora, adică invidie. Ceea ce e, după mine, mai departe de adevăr, pentru că tristețea, și nu invidia este foarte aproape de acedie, tradusă greșit prin lene. Aș putea să mă lungesc la nesfârșit aici, dar am promis că mă rezum la fapte.“

– Ăsta vorbește serios? întrebă ministrul, care începea să se enerveze. Și tu ce naiba transpiri și gâfâi în halul ăsta? Ești ciudat. Poți să fugi o sută de kilometri fără să gâfâi, și acum, că citești câteva rânduri, parc-ai fi un muribund obligat să fugă în jurul patului de spital. Și ce stai în picioare, în poziția aia de catarg? Așază-te!

Aghiotantul încercă o explicație care nu îi ieși deloc, așa că nu reuși să îngaime decât „din cauza importanței cazului“, și se trânti pe celălalt fotoliu. Nu mai așteptă nici un fel de invitație și se grăbi să reia lectura.

– „Curios e la pictorul ăsta de doi lei că nu a venit cu șapte tablouri și că tocmai desfrânarea a lăsat-o pe dinafară, în alegoriile astea jalnice. Tocmai am scris un pleonasm. Pentru că alegoria e figura de stil cea mai la îndemână, preferată de dictatori, cea mai păduchioasă dintre metafore. În fine, în fiecare dintre cele șase tablouri erau figurați draci, așa cum se poate vedea în pliantul expoziției, atașat la acest dosar – v. Anexa unu." V... V...? se întrebă aghiotantul.

– Da, vezi anexa unu, adică, îl lămuri ministrul.

– Aha. Să mă uit?

– Nu, să nu te uiți, că știm pozele. Ce naiba? Zi mai departe.

– „Fiecare dintre cei șase draci era figurat în ipostaze care, cum ziceam, ilustrează câte unul dintre cele șapte păcate capitale. Șase, mai precis, deoarece Vasiluță, un fel de ascet asexuat, n-a prea știut cum să arate poftele trupești, lui lipsindu-i astea cu desăvârșire. În fine, din toate cele șase tablouri, au dispărut dracii. În momentul în care am primit misiunea, m-am deplasat cu maximă repeziciune la fața locului. Curatorul Blaier Dezideriu, proprietarul galeriei, era acolo și mă aștepta, din cât am putut să îmi dau seama. L-am interogat cu mare atenție, revenind de multe ori asupra răspunsurilor care nu mi s-au părut suficient de clare. În mod evident, omul nu știa nimic. Își freca întruna bocancii ca și când ar fi vrut să șteargă pentru totdeauna urmele caracatiței care, din câte am înțeles, se scursese din tablou și se urcase pe el. I-am sugerat să îi arunce de tot. Aici am întâmpinat prima problemă. Și am căutat primul indiciu serios. Ca să recapitulez, pentru coerență și claritate: avem de-a face cu șase picturi din care a dispărut câte un personaj. Fiecare dintre cei dispăruți e un drac, cu coarne, coadă și tot ce compune, în imaginația unui bun creștin, un astfel de personaj. Și, tot în aceeași bună tradiție, dracii ăștia erau unul mai hidos decât celălalt. Arătau ca dracu', adică. Ce îi caracteriza însă, și aici nu am cum să neg un anume talent al pictorului, chiar dacă marginal, era că aveau în priviri un fel de strălucire jucăuș-răutăcioasă. Aveau expresie. Nu erau simple caricaturi. Un nivel atât de înalt al expresivității unui personaj nu poate fi obținut, la un pictor atât de lipsit de talent, decât dacă, în imaginația lui bolnăvicioasă, i-ar fi văzut de multe ori. Am presupus deci că Vasiluță e obsedat de iad de ceva vreme, pentru că dracul nu este, la nivel psihologic, decât o metaforă pentru chinurile eterne."

– I-auzi, comentă ministrul, căruia îi crescuse buna-dispoziție. Tu vezi draci?

Aghiotantul nu răspunse la început, dar privirea sfredelitor-batjocoritoare a șefului său îl făcu să își dea seama că întrebarea îi era adresată direct lui.

– Cine, eu? Doamne ferește! zise, în timp ce își făcea cu repeziciune trei rânduri de cruci.

Ministrul râse și îi făcu semn să continue. Cumva speriat de întrebarea șefului său, aghiotantul reluă:

– „M-am apropiat cu atenție de tablouri și am studiat intens prin ce procedeu ar fi putut să dispară personajele din ele. Pânza, câtă rămăsese nepictată dedesubt, era intactă, ca și când nu fusese niciodată atinsă de vopsea. Asta s-ar fi putut obține dacă era pictată în acuarelă. Dar picturile erau integral făcute în ulei. Mi-am scos lupa și penseta și am studiat întreaga suprafață rămasă curată, de pe fiecare pânză, în speranța de a găsi măcar o minusculă urmă de vopsea. În zadar. În două dintre cele șase tablouri, dracii fuseseră pictați până la marginile de jos ale tablourilor. În celelalte, personajele nu atingeau marginile. V. Anexa 2 și urm." Vezi, spuse, apăsând pe cuvânt, încântat că înțelegea abrevierea. Vreți să vedeți anexa? întrebă apoi.

Șeful, care tocmai își aprindea o țigară, îi făcu semn să nu-l mai bată la cap cu întrebări și să citească mai departe.

– „Ei bine, marginile acelea descoperite s-au constituit în veritabile canale de scurgere pentru alte obiecte din tablouri. Încă nu mi-e clar cum și de ce uleiuri făcute cu ceva timp în urmă și bine uscate se preling la fel ca mercurul atras către podea de forța gravitației. Cert e că prezența de spirit l-a făcut pe curator să traseze câte o linie galbenă la margini, lucru care a avut efect și a oprit scurgerile. Nu mi-e clar de ce a ales galbenul. Curatorul a declarat că era cel mai la îndemână. Eu cred mai degrabă că, la nivel simbolic, a asociat o dungă de această culoare cu benzile pe care le întindem noi, de obicei, la locul crimei sau cu nuanța care se regăsește pe bariere. Culoarea simbolizează așadar interdicția. Ceea ce i-a întărit curatorului siguranța. Și acum să revenim la prima problemă, despre care aminteam mai devreme. Cum resturile de pe podele fuseră măturate – și aici trebuie luați la rost polițiștii veniți la fața locului, care i-au permis acestei catastrofale intervenții de la locul crimei să înlăture dovezi ce s-ar fi putut dovedi esențiale în mersul anchetei –, mi-am pus imediat întrebarea dacă obiectele din tablou, fructele de mare, vasul de porțelan și mielul s-au scurs intacte, și-au modificat forma, retransformându-se în culori care se amestecă, au rămas plane, doar cu două dimensiuni, aproape în totalitate lipsite de adâncime, pentru că uleiul are un pic de grosime, în funcție de încărcare, sau – lucrul de care mă temeam cel mai tare – au căpătat corporalitate. Sigur, la prima vedere, întrebarea e banală, dar, așa cum se va vedea mai departe, este un detaliu esențial și mă felicit că am pus problema corect din prima."

– Foarte modest colegul nostru, zise ministrul. Citește mai departe, că devine interesant.

– „Explicațiile au fost, ca și părerile, împărțite. Curatorul a spus că lui fructele de mare care se cocoțaseră pe el i se păruseră foarte, foarte reale. La fel și cioburile de porțelan ale vasului în care fuseseră acestea păstrate în tablou. Dar mielul scurs din celălalt tablou era plat, fără adâncime. Pentru că n-am mai avut ce să scot de la domnul Blaier, am luat lista cu oamenii care fuseseră prezenți – aici, colegii noștri au făcut bine că au legitimat pe toată lumea – și am purces la interogarea martorilor. Nu au reușit deloc să se pună de acord asupra chestiunii în cauză. Lucru bun, care ne arată că răspunsurile lor au fost adevărate și că nu se puseseră de acord asupra unui răspuns standard. Unul a zis că văzuse un miel care arăta normal, doar că avea dimensiuni mult reduse, strecurându-se afară prin fereastra întredeschisă. Așadar, păreri împărțite. Este important să menționez aici că, în ciuda numărului mare de picioare care au călcat preșul zdrențuit de la intrare, am reușit, după o analiză chimică a covorului, să identific câteva urme de culoare: pigmenți roșii și galbeni și un pic de negru. Cumva, m-a străfulgerat un gând. Poate unul dintre draci a fost rănit și a sângerat vopsea. Ipoteza mi s-a părut absurdă, așa că am pus-o deoparte. Așadar, problema corporalității rămânea încă deschisă, tot așa cum rămânea deschisă întrebarea dacă dracii aceia au coborât singuri de acolo sau dacă o mână criminală, ca să îi joace o farsă artistului, sau din ură și dispreț față de acesta, nu a făcut această înscenare foarte elaborată. Așa că, înainte de a-l vizita pe Vasiluță, perspectivă care îmi întorcea stomacul pe dos, mi-a fost clar că trebuia să aflu dacă pictorul avea dușmani personali și să îi interoghez."

– Chiar nu e prost deloc, băiatul ăsta, zise ministrul, de această dată admirativ. Hai, hai, că vreau să văd ce se întâmplă.

Aghiotantul nu se apucă de citit încă. Ministrul îi făcu un semn întrebător cu ambele mâini.

– Mă scuzați, se bâlbâi aghiotantul. Mi-e gâtul foarte uscat.

– Vrei niște whisky dintr-ăsta?

– Nu știu dacă pot să inoportunez, răspunse, cu prețiozitate chinuită, subalternul.

Primi încuviințarea, își turnă două degete într-un pahar, își muie buzele și reluă lectura.

– „Numai că, lucru la care trebuia să mă aștept, lista de oameni care îl urau și aveau motive personale să îi facă rău devenise nesfârșită. M-am lăsat păgubaș după ce am identificat peste 2 000 de persoane, și lista nu dădea nici un semn c-ar fi fost pe sfârșite. Oameni pe care-i jignise, pe care-i trăsese pe sfoară, pe care-i tratase cu superioritate, studente și modele la care se dăduse – aici am fost absolut surprins – într-un mod extrem de stângaci și la urmă brutal, popi pe care îi înșelase când le pictase ori le promisese că le zugrăvește bisericile sau oameni care îl urăsc, pur și simplu, pentru succesul său internațional, pe care îl găsesc, ca și mine, inexplicabil și absolut nejustificat. Ceea ce a urmat avea să îmi confirme intuiția de a nu-mi pierde vremea cu nenumărații dușmani ai pictorului. Dar m-a și salvat de o criză de fiere pe care mi-ar fi procurat-o, cu siguranță, întâlnirea cu el. Așadar, cum un detectiv bun nu-și pune niciodată toate merele în aceeași traistă, am dat sfară în țară, pe la informatorii pe care îi avem în toate mediile sociale, să mă anunțe negreșit dacă auzeau ceva suspect pe tema asta. Pe la miezul nopții în care verificam listele de oameni care ar fi avut motive să-i facă rău pictorului, primesc un telefon misterios. O voce guturală mă poftește, nici mai mult, nici mai puțin, la o casă cu marchize de pe strada Sapienței, la numărul nouă. Sau șase. Mie mi s-a părut că numărul era răsturnat. În fine, mă urc în mașină și ajung, pe niște ulițe pline de noroi, la numărul respectiv, în fața casei. Acolo, zgribulit, cu gulerul hainei ridicat, ca un adevărat agent, mă aștepta informatorul. Intru într-o casă destul de mare, fostă casă boierească, neatinsă de când a fost zămislită la începutul secolului trecut, adică într-o paragină aproape jalnică. Acolo mă așteaptă un bătrân, și el parcă nerenovat din aceeași perioadă, cu cămașă de noapte și scufie pe cap. Ăsta se apucă de povestit și-mi spune că, exact în seara incidentului de la galerie, ieșise în pridvor să fumeze o țigară. Nevastă-sa i-a interzis, cu o jumătate de secol în urmă, să fumeze în casă.

Și, cu toate că respectiva s-a prăpădit de vreo treizeci de ani, moșul voia, în continuare, să îi respecte dorințele. În inima nopții, în care liniștea totală era întreruptă doar de niște lătrături ale câinilor din vecini..."

– Stai așa, zise ministrul. Mai e mult?

Aghiotantul puse degetul la pagina la care ajunsese, închise raportul și îi arătă ministrului cotorul.

– Îhî, zise acesta. N-aș vrea să ne mai întrerupem.

Se ridică și trecu, printr-o ușă deschisă, în partea din spate a cabinetului său. Aghiotantul auzi cum era trasă apa, iar apoi cum un jet lovea chiuveta. De după canatul ușii, ministrul îi făcu semn să continue. Aghiotantul luă încă o gură de whisky, își drese glasul și reîncepu:

– O să recitesc propoziția de la început. Și, cu toate că respectiva s-a prăpădit de vreo treizeci de ani, moșul voia în continuare să-i respecte dorințele. În inima nopții, în care liniștea totală era întreruptă doar de niște lătrături ale câinilor din vecini, bătrânul începe să audă voci, fără să înțeleagă ce spun. Vocile par a fi destul de aproape. Chiar acolo, în curtea lui. Aude șușotelile, dar nu înțelege ce se vorbește și, mai ales, nu vede pe nimeni. Coboară de pe verandă în interiorul curții mici, care desparte casa de gard. Vocile sunt tot mai aproape, acum aude perfect, dar limba în care se vorbește e de neînțeles pentru el. Și, bineînțeles, de văzut, nu se vede nimeni. La un moment dat, se oprește în fața unui stâlp de electricitate fixat la el în curte. De acolo poate vedea toată curtea. Și casa. Și aproape întreaga uliță. Nimeni. Din păcate, ceea ce urmează va avea efectul unei schimbări totale în povestea noastră, un fel de – cum se numește în filmele americane – punct de inflexiune, un *plot point*...“

– Ce? întrebă ministrul.

– Un *plooot pooint*, zise aghiotantul, citind pe litere.

– Așa, da. Haide, zi, zi, că mor de curiozitate.

– „...un *ploot pooint*. Adică acțiunea o să ne ducă în altă direcție decât ne-am așteptat. Din păcate, rezultatul este înfricoșător. Pentru că devine clar din acest moment că nu e defel vorba de vreo farsă ori de vreo mână criminală. Nici pomeneală de vreo înscenare.“

Aici, aghiotantul se opri din citit. Mâinile începuseră să-i tremure și transpirații reci îi șiroiau de-a lungul gâtului.

– Ei, ce s-a întâmplat? Vrei să mă ții în tensiune?

Aghiotantul nu răspunse nimic.

– Ei? zise ministrul.

– Mi-e frică, zise acesta, aproape șoptit. Știți, eu, când mă pune nevastă-mea să mă uit la filme de groază, o prind tare de mână și mă acopăr peste cap cu plapuma.

– Zău? Mie-mi plac ceva de speriat. Hai, că ăsta nu-i film.

– Păi, tocmai că e mai rău. E realitate.

– O fi, dar s-a întâmplat deja.

Convins de acest din urmă argument, aghiotantul reluă, cu precauție, lectura:

– „Deci omul se oprește în fața stâlpului. Nimeni. Face o ușoară mișcare de corp înainte. Și se trage imediat înapoi. Are o senzație că tocmai a văzut ceva. Repetă mișcarea. Aceeași senzație. Își ia inima în dinți și face un pas în față. Patru ființe supranaturale, urâte ca dracu', se hlizesc la el. Au priviri șmechere. Revine la poziția inițială. Nimic. Face încă o dată pasul în față. Dracii se hlizesc la el. Atunci înțelege. Ființele alea nu au profil. Numai două dimensiuni – înălțimea și lățimea. De parcă ar fi niște afișe. Sau o proiecție cinematografică pe o pânză. Până aici, pare că încă o întrebare a noastră și-a găsit răspunsul. Dracii din tablouri nu au corporalitate. Bineînțeles, cum se întâmplă de obicei în chestii dintr-astea serioase, acest răspuns nu face decât să ridice o multitudine de alte întrebări. Cum se deplasează, atunci? e prima care ne vine în minte. Dar bătrânul este întrerupt chiar în mijlocul gândurilor sale, pentru că aude un chiot de sus, de undeva. Ridică privirea. Din vârful stâlpului, se lasă alunecând amenințător înspre el un alt drac. Ăsta nu mai e ca ăilalți. Ăsta are profil. Moșul face stânga-mprejur și o ia la fugă spre casă. Intră valvârtej în cameră. Se duce spre flinta veche de un secol. Dar aceasta nu e pe perete. Vede o coadă cum trece pe după șifonier. Simte o atingere pe umăr. Dracul de pe stâlp este acum în fața lui. Privește cruciș și-i scoate limba. În acest timp, aude o voce din spate. Celălalt drac, cel cu coadă, roșu ca și când ar fi adormit o zi întreagă la soare, întinde flinta spre el. «Asta cauți?», îl întreabă. Moșului i se face rău și leșină."

Aghiotantul se opri din citit și lăsă încet dosarul albastru pe masă. Cu mâinile tremurându-i, puse mâna pe pahar. Îl zgâlțâi atât de tare, în drumul spre gură, încât vărsă o parte din el. Ministrul privi, fără să scoată o vorbă, gesturile subalternului său. Îl lăsă să se liniștească. Apoi zise:

– Gata?

– Cred că da, îngăimă aghiotantul. E îngrozitor.

– E pe dracu'. Pare o chestie mai degrabă de circ. Să vezi filmele alea cu morți vii. Cu zombi. Ai văzut vreunul?

Aghiotantul îl privi îngrozit. Continuă:

– Astea sunt nimic. Păcat că n-ai văzut. Nu te-ai mai speria de astea. Haide, zi mai departe, că e târziu și trebuie să vină ăia de la comunicare, la care n-o să le suflăm o vorbă. Ai înțeles? O să le spun eu concluziile. Dar trebuie să vedem care sunt. Dă-i-nainte.

Fără nici o tragere de inimă, aghiotantul puse din nou mâna pe dosar. Nu înainte de-a mai executa preventiv o serie de cruci.

– „Am plecat de acolo pentru că nu mai era nimic de aflat. Sper să nu vă încurce timpii în care-mi redactez raportul. Dar am simțit că o relatare la prezent a acestui episod îl face mai spectaculos. Oricum, în problema corporalității, ne-am lămurit. Rezultatul e mixt. Patru draci sunt bidimensionali, ceilalți doi nu. Mai aveam de aflat care era cauza pentru care părăsiseră tablourile – mi-e clar acum c-au făcut-o de bunăvoie – și dacă reprezentau în vreun fel un pericol pentru cetățenii noștri. Au mai trecut câteva zile de la vizita pe care i-o făcusem bătrânului, și începusem chiar să mă cam dezumflu și să îmi pierd speranța că aș mai putea să le dau de urmă. Până când alți doi colaboratori ai mei au fost înștiințați de către informatorii lor că prezențe asemănătoare fuseseră semnalate înspre graniță. În condiții similare. Mi-a fost clar atunci că acele vizite nocturne erau doar halte distractive în drumul lor spre Occident. Sigur, m-am întrebat de ce și, mai ales, cu ce scop, dar și unde emigrau cele șase personaje. Dacă erau cumva în căutarea unui alt autor sau ceva de genul ăsta? Mi-a fost de mare folos anul pe care l-am petrecut la Roma, în timpul bursei mele teologice. Acolo mă împrietenisem cu un polițist care făcuse și el aceleași studii și se ocupa de securitatea Vaticanului acum, suplimentar față de Garda Elvețiană. L-am sunat și i-am povestit întreaga tărășenie. La telefon s-a făcut liniște, pentru câteva clipe. După care Angelo, prietenul meu, mi-a povestit că o întâmplare ciudată se petrecuse în dimineața acelei zile chiar în Cetatea Eternă. O femeie de serviciu, care făcea curat în catedrala Sfântul Petru, fusese internată urlând ca din gură de șarpe. Cică, în timp ce făcea curat în jurul celebrei statui a lui Michelangelo, *Pietà*, văzuse o ciudățenie cocoțată pe statuie. Era Talpa-Iadului, Scaraoțchi. Femeia, habotnică peste măsură, era convinsă că Sfântul Scaun era luat cu asalt de diavoli și se panicase absolut la ideea că Necuratul se strecurase în catedrală și că avea să pună stăpânire pe ea, că diavolul însuși câștigase lupta cu bunul Dumnezeu și că sfârșitul lumii se apropia. Am discutat mult cu prietenul meu, care, până atunci, fusese convins că femeia cu pricina era doar o catolică exaltată, care avea halucinații. Povestea mea i-a stârnit interesul. Dar, pentru a putea înțelege amândoi rostul acelei apariții, m-a invitat de urgență la Roma. N-am ezitat o secundă și am luat primul avion. Încercând să formulăm întrebările cele mai potrivite pentru rezolvarea misterului, ne-am hotărât să ne petrecem noaptea ascunși în Sfântul Petru, cine știe? poate urma să avem noroc și creatura să se întoarcă – asta presupunând că părăsise vreodată locul. Un lucru e sigur, paza nu se întărise defel, pentru că nimeni, dar absolut nimeni n-o crezuse pe femeie, lucru destul de ciudat într-un loc unde iadul e la mare cinste. Între timp, ajutat de polițistul italian, am formulat o scrisoare pe care le-am trimis-o tuturor muzeelor lumii. N-am putut să le spunem exact ce căutam, pentru că ne-ar fi crezut nebuni de legat. Așa că am ticluit o scrisoare cu antetul cel mai înalt al Poliției italiene, în care am cerut să ni se aducă imediat la cunoștință orice lucru ciudat care ar putea fi zărit prin muzeele respective, la tablouri sau sculpturi sau în preajma lor. După care ne-am dus la catedrală."

Ultima parte a poveștii îl lăsase perplex pe ministru. Nu era foarte clar de ce. În ceea ce îl privește pe aghiotant, acesta cam începuse să se grăbească și să înghită cuvintele. Era evident că nu pricepea nimic. Făcu o pauză de respirație și verifică încă o dată dosarul.

– Mai e foarte puțin, zise, parcă ușurat. Și pe urmă sunt o grămadă de poze. Și ăsta, zise, în timp ce scotea, dintr-un buzunar de la spatele mapei, un stick. Să continui?

Ministrul dădu afirmativ din cap. Se așezase pe marginea fotoliului, încordat ca un arc gata să plesnească.

– „Am așteptat câteva ore – continuă aghiotantul –, timp în care nu s-a întâmplat nimic. La un moment dat, am auzit un zgomot și am văzut mișcare în jurul aceleiași statui. Ne-am apropiat. Unul dintre acei draci, pe care l-am recunoscut din tablourile lui Vasiluță, se urcase pe capodopera lui Michelangelo și se întinsese precum Iisus în brațele Maicii Domnului. Îl acoperea cu totul pe acesta și se tot mișca. De parcă nu-și găsea locul. La un moment dat, ne-a văzut. Dar asta n-a părut să-l deranjeze. Și-a compus o figură tristă și a început să pozeze, ca un model la o ședință foto pentru cele mai celebre reviste de modă. Atunci mi-a picat fisa. Voia să ia locul lui Iisus din sculptură, voia să fie El. Am făcut câteva fotografii – le găsiți pe stick-ul atașat – și, într-un târziu, dracul s-a ridicat și s-a întins exact sub baldachinul lui Bernini. L-am urmat. Zgomotele de satisfacție pe care le scotea erau, de fapt, de încântare. O fi avut un sindrom al lui Stendhal pe invers, la vederea unei opere de o frumusețe atât de cutremurătoare. Cred că am adormit amândoi sau ne-o fi hipnotizat el. Cert e că atunci când ne-am trezit dracul dispăruse." Știți ce e sindromul ăsta? întrebă aghiotantul.

La început, ministrul nu își dădu seama dacă întrebarea era din text sau era o intervenție originală a subalternului. Când realiză că îi era adresată, îl puse să mai citească o dată numele. După ce îl auzi din nou, răspunse fără să clipească:

– Un fel de sifilis. Citește mai departe.

– Să nu ne uităm acum ce-i pe stick?

– La sfârșit. La sfârșit...

– „Când ne-am întors la locuința prietenului meu, înainte să ne culcăm, acesta a deschis computerul. E-mailul lui era invadat de-a dreptul de mesaje de la toate muzeele. Dracii fuseseră semnalați în foarte multe locuri. E drept, doar câteva persoane îi zăriseră, dar camerele de supraveghere îi surprinseseră intrând în diverse tablouri. Pe cei plați. Sau cum se urcau pe diverse sculpturi – cei tridimensionali. Și cum încercau, pentru câteva minute, să își compună fel de fel de chipuri și poziții cât mai asemănătoare cu personajele din diverse capodopere. Atunci am pornit la drum. Timp de câteva zile am încercat să acoperim cât mai multe dintre locurile în care fuseseră semnalați. Unele muzee sunaseră la polițiile locale. Până la urmă, fiind o problemă internațională, intrase pe fir Interpolul. Am luat-o prin Italia. Întâi în sud, la Vila Misterelor de la Pompeii, unde un drac ar fi fost zărit în celebra parte de frescă denumită *Capul lui Silen cu mască*. Diferența nu trebuie să fi fost foarte mare, de vreme ce masca era o versiune a unui drac asemănător. De aceea, vizitatorii din acea zi nu observaseră nici o deosebire. Numai responsabilul muzeului îl văzuse, înainte de închidere. Apoi am făcut un fel de cursă între diverse orașe din Italia, Spania, Franța și chiar America. În primele momente părea că dracii aveau o idee fixă cu pruncul Iisus. Pentru că informațiile raportau, toate, prezența lor în această ipostază. În *Madona cu Pruncul pe tron, cu îngeri și profeți* a lui Cimabue, de la Galeriile Uffizi din Florența, în *Madona cu gâtul lung* a lui Parmigianino și în *Madona cu harpiile* a lui Andrea del Sarto, ambele din același muzeu, precum și în

Madona cu Pruncul și tânărul Ioan Botezătorul semnat de Botticelli, de la Palatul Pitti; la Muzeul Domului din Siena, în opera lui Buoninsegna, *Maestà*, precum și la Washington, în Statele Unite, unde dracul fusese surprins dându-se drept bebe Iisus în *Madona și Pruncul* a lui Perugino. Trebuie că era vorba despre unul singur dintre acei draci, care, pesemne, fie făcuse o pasiune tematică, fie încerca să își perfecționeze unul dintre roluri. De compoziție, de vreme ce voia să pară copil. Mai fuseseră semnalate prezențe la Uffizi, în *Venus din Urbino* a lui Tițian și în *Nașterea lui Venus* a aceluiași Botticelli, unde unul dintre draci se așezase în picioare, în scoică. În mod ciudat, se pare că *Primăvara* aceluiași pictor nu prea le plăcuse."

Greutatea cu care aghiotantul citea numele proprii nu părea să-l deranjeze deloc pe ministru, care asculta cu gura căscată.

– „A trebuit să ne ducem în toate locurile astea", reluă aghiotantul. „Tot la Florența am văzut o poză cu un drac în Palatul Pitti, în *Portretul lui Agnolo Doni* al lui Rafael, în capodopera lui Masolino, *Ispitirea lui Adam și a Evei*, din capela Brancacci a basilicii Santa Maria del Carmine, unde unul dintre draci luase rolul șarpelui, iar celălalt al Evei și își compusese o poză rușinată din gesturi și din poziția corpului. Tot la Florența, probabil aceiași doi draci fuseseră văzuți în celebrul diptic al lui Piero della Francesca, *Battista*

Sforza și Federico da Montefeltro. Dar urâțenia lor nu-i dăduse de gol, pentru că și originalele erau la fel de urâte. Un student la Arte sesizase aici că ceva nu era în ordine. Și, ca să nu vă mai plictisesc, i-am mai urmărit și în catedrala din Orvieto, unde, în sfârșit, un drac își asumase rolul unui drac din fresca lui Luca Signorelli, *Predica și pedepsirea Antihristului.* Ne-am dus și la Londra, la Ashmolean Museum, unde s-ar fi ascuns prin mulțimea figurată în *Vânătoarea din pădure* a lui Uccello, și la National Gallery, în capodopera lui Van Eyck *Soții Arnolfini*, primul tablou în care se băgaseră și care nu aparținea Renașterii italiene. Asta ne-a cam dat socotelile peste cap. Dar i-am regăsit și la Prado, mă rog, nu pe ei, ci poze și mărturii pe marginea prezenței lor, în *Buna Vestire* a lui Fra Angelico și în *Cele șapte păcate capitale* de Hieronymus Bosch. Asta e interesant, pentru că este, cumva, tabloul pe care l-a folosit și pictorul Vasiluță când și-a făcut «păcatele capitale». Am spune că dracii ajunseseră cumva acasă și că ar fi trebuit să se oprească aici. Dar nici vorbă de asta. Cei corporali fuseseră fotografiați la Roma, în Galeria Borghese, cocoțați pe *Apollo și Daphne* a lui Bernini, și înapoi la Florența, la Loggia dei Lanzi, unde un drac era Perseu, iar celălalt – capul Meduzei, în sculpura lui Benvenuto Cellini. Iar cei plani fuseseră semnalați în continuare la Luvru, în *Anotimpurile* lui Arcimboldo, singurul loc în care arătau mai bine decât portretele originale, și, cum altfel? cu un zâmbet misterios, în locul Mona Lisei."

– Mai e? întrebă exasperat ministrul, care avea senzația că i se prăbușea tavanul în cap.

Aghiotantul răsfoi dosarul și zise:

– Un fragment și concluziile. Mai citesc? Dar nu mai așteptă confirmarea și continuă, convins fiind că, dacă nu parcurgea cu repeziciune ultima parte, avea să rămână foarte curând fără suflu și să se prăbușească la podea, cât era de mare, în biroul șefului său: „Semnalările au început să scadă, la un moment dat. Nu prea înțelegeam de ce. Fie dracii se plictisiseră, fie galeriile se obișnuiseră cu ei. Polițiștii din diferite țări și Interpolul s-au săturat foarte repede de aceste prostii, pe care începuseră să le considere farse de prost-gust. Dacă nu se furase și nu se distrusese nimic, nu era treaba lor să intre în glumele nesărate pe care foarte probabil că niște pasionați de artă și le făceau unii altora. Nu am insistat că dracii singuri făceau asta, pentru că am fi fost considerați duși cu pluta. Dar ne-am oprit pentru o zi din alergat și am încercat să deducem câteva reguli. Până la urmă, nu folosea la nimic să tot ajungem în urma lor. Trebuia să le-o luăm înainte. Să intrăm în mintea lor și să gândim, la o adică, precum niște draci care evadaseră din niște tablori ca să își caute locul în altele, de-a lungul și de-a latul lumii.

Primul lucru pe care l-am observat era că tablourile pe care le aleseseră nu depășeau secolul al XVII-lea. Apoi am observat o schimbare de model. Întâi fuseseră zăriți individual, apoi mai degrabă câte doi. Ultimele apariții raportate semnalau deja prezența tuturor la un loc. Întâi la Santa Maria delle Grazie, în *Cina cea de taină*, apoi la Toledo, la Santo Tomé, în lucrarea lui El Greco, *Înmormântarea contelui de Orgaz*. Am observat asta și eu, și Angelo, deodată. Ne-am întrebat ce putea să urmeze. Și am răspuns amândoi într-un glas: *Rondul de noapte*. Rembrandt."

– Hei, se auzi strigătul entuziast al ministrului, care-și ridică mâinile în sus.

Aghiotantul îl privi într-un fel ciudat, dar acesta îi făcu semn să nu ridice tocmai acum ochii din dosar.

– „Așa că am închiriat un elicopter și am luat-o spre Amsterdam. Am ajuns seara, și Rijksmuseum se închisese deja. Dar Angelo aranjase cu un coleg olandez să ne lase să intrăm. În timp ce îl așteptam la intrarea din față, ni s-a părut că vedem ceva dubios la colțul din stânga. Ne-am îndreptat într-acolo. Culmea este că n-am fost deloc surprinși să îi vedem pe toți cei șase draci stând la taifas. Fără să ne temem, am intrat în vorbă cu ei. Ne-am prezentat și le-am povestit tot ce descoperiserăm. Nu s-au speriat și nu au încercat să ne facă rău în vreun fel. Din contră, un fel de tristețe definitivă, o dezamăgire apocaliptică plutea în aer. Au vorbit măsurat și pe rând. E drept, se mai auzea câte un șuierat din când în când, mai pâlpâia câte o flacără când dracii corporali mai pocneau din cozi. Ne-au răspuns la toate întrebările. Plecaseră din tablourile lui Vasiluță pentru că li se părea un pictor mediocru. Și simțeau în interiorul lor un fel de chemare. Simțeau că puteau mai mult și că toți șase, ca produse naturale de artă plastică, aveau același drept, ca oricare alte personaje, să apară în capodopere. De aceea toată acea alergătură de la un muzeu la altul, dintr-un oraș într-altul, dintr-o pictură sau sculptură într-alta. Acum erau triști, pentru că remarcaseră cu amărăciune că nu se prea potriveau niciunde și că, oricât de tare și-ar fi dorit, chiar dacă și-ar fi găsit ansamblul potrivit, și nu vreun miel desenat prea realist sau vreun platou cu fructe de mare care arăta ca o poză proastă dintr-un restaurant ieftin, ei tot aceiași ar fi rămas, pociți pe veci din cauza lipsei de talent a pictorului, pe care acum își propuseseră să se răzbune. Cu multă răbdare, colegul meu italian a încercat să le explice că, mai întâi, creatura nu-și prea poate omorî creatorul și, apoi, că nu există, cum cred mulți muritori care nu înțeleg mare lucru din artă, o separare clară între conținut și formă, nici părți ale unei capodopere mai mult sau mai puțin bine realizate. Că nu există separat nici conținutul și nici forma, ci că fiecare o conține pe cealaltă în aceeași măsură în care se conține pe sine. Și a continuat cu o frază superbă, pe care nu cred că am s-o uit vreodată. Cred că nu era a lui, cred că era un citat, deși nici acum nu știu de unde e. Tot ce știu e că n-o să o uit niciodată. Suna cam așa: «Așa cum grecul afirmă în *Cratyl*,/ E, pentru lucruri, numele arhetip; E-n literele floare ale florii chip,/ Și Nilul tot e în cuvântul Nil»[1]."

Ministrul așteptă ca subalternul lui să continue. Acesta înțelese privirea șefului și ridică din umeri.

– Asta e tot, zise simplu.

– Cum asta e tot? Și care sunt concluziile? Eu ce naiba raportez?

[1] Jorge Luis Borges, „Golemul", fragment, în *Poezii*, traducere în limba română de Andrei Ionescu, Editura Polirom, Iași, 2005 (n.red.)

DRACOMORFOZĂ

În fața ușii stă o babă. Un om cu coarne se apropie de ea. Dă să intre. Baba se înfige în fața ușii, în cele două picioare ca niște butuci de stejar, și îi spune că momentan nu-l poate lăsa înăuntru. Omul insistă și întreabă când va putea intra. Baba îi face un semn cu degetul și îi arată cum să bage capul pe ușă, care e deschisă. Râde și spune:

– Vezi seria asta de coridoare și de uși? Toate sunt deschise, la fel ca asta. Vezi și siluetele alea negre? Alea sunt alte babe. Fiecare ușă e păzită de una dintre ele. Babele alea sunt atât de urâte și de rele, încât la a treia nici eu nu mă pot uita fără să mă îngrozesc.

Omul cu coarne se dă înapoi. Bănuiește că ar putea sta mult și bine acolo, fără să poată intra. Știe că nici mita, nici vreun fel de poveste tristă n-o vor impresiona pe babă. A văzut prea multe. Dar știe și că acolo unde există voință – și el o are – există întotdeauna și o soluție. Trebuie ca baba să vrea ceva de la el. Poate că ar refuza banii. Și plăcintele cu dovleac pe care le are în traistă și care trăsnesc de-ți mută nasul. Dar ceva totuși trebuie să fie. Își face curaj și se apropie.

– Trebuie să fie ceva, zice șoptit, ca pentru a nu fi auzit de nimeni altcineva. Ceva ce pot da la schimb.

Baba îl privește ca și când l-ar vedea pentru prima dată, ca și când s-ar întreba cine o mai fi și arătarea asta, om cu coarne, rușine să-i fie că se deghizează în halul ăsta. Băiat tânăr și se face de râs.

Omul e pe cale să se retragă într-un colț, pe o băncuță, ca să se mai gândească. să mai caute soluții. Pentru că n-are de gând să își petreacă toată viața așteptând acolo, în fața ușii ăleia. Nu apucă să se întoarcă de tot, pentru că aude vocea babei, care acum sună precum cea a unui zeu din Walhalla, ca un tunet:

– Ar fi ceva, zice baba. În fond, ușa asta e numai pentru tine.

Omul ascultă atent. Speranța îi crește în inimă ca o molimă fatală.

– Trebuie să îmi răspunzi la o întrebare, zice baba, tunând și fulgerând.

– Atât? răspunde omul, ușor suspicios. Nu cumva e întrebarea aia cu cine merge dimineața în patru picioare, la prânz în două și seara în trei?

Baba nu pare să înțeleagă referința culturală. Și, chiar dacă l-ar avea pe Edip în față, nu l-ar recunoaște. Pentru că e o babă simplă, și nu vreun oracol.

– Nu, răspunde sec. Trebuie să îmi spui repede, fără să te gândesti, ce naiba e ăla un arpentor?

*

Grigore K. se trezi lac de sudoare. Se ridică în fund, în capul patului, respirând greu. Ce prostii putea să viseze! „Și, chiar așa – se gândi –, ștergându-și transpirația de pe frunte, ce naiba o fi ăla un arpentor? De unde reușesc să inventez în somn cuvinte dintr-astea?"

Decise că l-o fi auzit undeva și îl înregistrase mecanic. Și că visul activează zone din creier pe care nu le folosim în mod obișnuit. Toate ca toate. Dar arpentor? Ascuns în memoria lui pasivă?

„În fine!", își spuse. „Să trecem!" Și dădu să se ridice din pat. Simți o durere simultană și simetrică în ambele părți ale capului, deasupra frunții, exact pe linia verticală a ochilor. Solilocvial și în surdină, gândul continuă să se țină după el. „Dacă oi fi eu omul din visul meu, și mi-au crescut de-adevăratelea coarne?" Se întrebă mai degrabă ca să se asigure că era treaz cu adevărat, și nu visa cumva că se trezise sau că visa că se întreba dacă visa că se trezise sau doar visa că visa și nu se trezise, de fapt, sau dacă era totuși treaz. Ca să afle răspunsul, ar fi fost suficient să își pipăie punctele dureroase de pe occipital. Duse mâna până la mijloc, în dreptul nasului. Ezită.

„Asta nu e bine", își auzi iar gândul care încetinise ca un tren al cărui semnal de alarmă fusese tras.

„Ezitarea e un semn prost. O frână în calea aflării adevărului!“ Ar fi putut continua așa să se întrebe dacă ezita în vis ori în realitate sau dacă inconștientul lui nu insista cumva să îl țină în acea stare de semiconștiență și nesiguranță, de teama surprizei pe care ar fi putut-o avea, fie că ar fi descoperit că avea coarne, deci obligatoriu nu se trezise, fie că nu, deci se trezise după un vis ciudat, și trebuia să se dea jos din pat și să plece la lucru. Poate că oroarea de a intra din nou pe ușa aceluiași birou, din aceeași bancă, unde avea să întâlnească aceiași tâmpiți, care nu voiau de la el decât să le aprobe creditele fără să crâcnească, i se cuibărise atât de adânc în minte, încât își formase o voință a ei proprie. Încerca să descopere care era răspunsul corect, refăcând imaginile din vis. Rememora întreg filmul, dar își dădea seama că visul se derulase dintr-un unghi unde cel care visează nu se vede pe sine însuși, ci vede numai ce i se desfășoară în fața ochilor. Și asta, dintr-un unghi destul de restrâns. Unghiul său subiectiv. Închise ochii și derulă visul înainte și înapoi în gând, căutând să își surprindă propria imagine în vreo reflexie, ceva. Dar nu reuși să găsească nimic. Clădirea în fața căreia se aflase în vis nu avea nici geamuri, nici suprafețe metalice, în care s-ar fi putut reflecta. Își zări pentru o clipă imaginea în pupilele babei, dar baba era mică de statură și privea în jos, așa că văzu doar corpul unui bărbat îmbrăcat în veston. Un veston care semăna cu al său. Cum avea să știe dacă era chiar el, cel din vis? Dar, de vreme ce era unghiul său subiectiv, trebuia să fi fost el. Că doar nu s-o fi apucat să viseze visele altcuiva.

„La naiba, își spuse, ești bărbat.“ Și duse brusc mâna la cap. Nu simți decât o umflătură destul de mare, cam cât un cucui, pe partea dreaptă. Când o atinse, îl izbi o durere aproape de nesuportat. Așa că își retrase mâna rapid și se întrebă de ce s-o fi lovit. Poate de tăblia patului. În partea cealaltă simți același fel de durere, dar fără să și-o fi provocat singur. Și, hotărât să își învingă teama, duse cealaltă mână pe partea stângă. Un cucui identic. Într-un mod ciudat, această atingere nu numai că nu-l duru ca precedenta, ci păru mai degrabă să îi facă bine, să îl liniștească. Deduse că trebuia să își maseze cucuiele. Asta l-ar fi ajutat și să se concentreze un pic, să își învingă scârba care i se trezea de ceva vreme la gândul unei noi zile de lucru și să-și adune atâta voință cât să se poată da jos din pat.

Duse ambele mâini la cap și începu să își frece cucuiele. Dar simți ceva straniu. Pe măsură ce apăsa mai tare, cucuiele păreau să reacționeze. Dacă apăsa cu buricele degetelor, acestea era împinse înapoi cu o forță egală cu cea pe care o aplicase el. Se gândi că era o chestie cu impulsul și cu ciocnirea elastică, numai că, în această situație, cucuiele ar fi trebuit să se lase în jos la apăsare, ceea ce nu se întâmpla defel. Nu dură mult și cele două cucuie începură parcă să prindă volum. La un moment dat se auzi chiar și un fel de scârțâit, ca atunci când ceva ascuțit străpunge o suprafață destul de dură. Asta duru ca dracu', și simți și două înțepături în buricele degetelor. Își retrase mâinile și văzu cum picături de sânge apăruseră pe ambele degete. „M-am înțepat în propriu-mi cap", își spuse, și sări dintr-odată în mijlocul camerei. Așa cum stătea, își vedea fața în tabloul de pe peretele de deasupra patului. Cum lumina soarelui bătea direct pe acela, nu putu să distingă exact, așa că se repezi la rulouri și le lăsă în jos. Cât să mascheze soarele. Dar o nouă înțepătură, sau chiar două, îi muiară genunchii, tot simetrice, foarte dureroase și neașteptate. Acum simțea și o durere în partea dorsală.

„Ce naiba", își spuse, acum începe să mă doară și-n cur?" O nouă înțepătură îl făcu să se zguduie. Avu senzația că țeasta lui era scoarța pământului și niscaiva plăci tectonice își făceau de cap pe dedesubt – sau, mai degrabă, un vulcan care acumula întruna presiune, ca să poată exploda. Se ridică în picioare și se aplecă spre tablou. Pe lângă coarnele boului din tablou, le văzu pe ale lui. Cucuiele crescuseră cam de vreo șapte–opt centimetri. Simți o nouă presiune. Vulcanul era pe cale să erupă. Apoi auzi un zgomot ca și când și-ar fi stors cu putere un coș care acumulase sub piele o cantitate uriașă de lichid. Și coarnele crescură, într-o secundă, cu încă vreo câțiva centimetri. Căzu pe pat și, sprijinit pe mâini, continuă să privească imaginea din tablou. Durerea din cap încetase, dar cea din partea dorsală reîncepu, și o muscă gigantică îi trecu pe la nas, într-o zbatere de aripi. Se sperie și se trase înapoi. Musca sau, mai degrabă, o pasăre păroasă îi mătură fața încă o dată. Nedumerit, se propti în picioare și se pregăti să prindă insecta uriașă la următoarea ei trecere. Nu dură mult, și aceasta își făcu apariția. O prinse cu satisfacție cu o mână și trase tare de ea. Pasărea era prinsă de un cordon, pare-se, care continua până în spatele lui. Apucă de cordon cu cealaltă mână, trase și, urlând de durere, se dezechilibră și se prăbuși leșinat pe covor.

Îl treziră din leșin bătăile insistente în ușă ale mamei. Care îi spunea că, dacă nu se scula, întârzia la serviciu. Răspunse că iese imediat. Spre marea lui mirare, vocea nu i se schimbase deloc. Nu semăna defel cu un muget, așa cum s-ar fi așteptat. Se ridică în picoare, își prinse coada cu mâinile și o studie atent, atât cât putu să se întoarcă și să privească unde-i era atașată de corp, mai exact. Deasupra feselor. Se întrebă dacă acele două elemente – coarnele și coada – erau singurele care se schimbaseră și dacă transformarea era terminată sau avea să continue. Ridică storurile și lumina îl deranjă un pic la început, dar se obișnui repede cu ea. În timp ce se depărta de fereastră, se împiedică în ceva. Aplecă privirea și văzu că la picioare îi crescuseră unghii ca de animal, mari, groase și negre. Le privi îndată pe cele de la mână. Erau frumos aranjate, așa cum i le făcuse manichiurista de la frizerie cu două zile în urmă. Se apropie din nou de tablou. Se sperie atât de tare de ce vedea, încât făcu un pas înapoi. După câteva secunde, se apropie din nou, spunându-și că trebuia să vadă cât de mare era catastrofa. Pomeții obrajilor i se înălțaseră, iar fața, destul de flască și de șifonată în seara din ajun, când se culcase, prezentând semnele atât de caracteristice familiei, cele ale unei îmbătrâniri timpurii, era acum perfect întinsă. Urechile i se ascuțiseră și se îndepărtaseră ceva mai mult de cap. Fălcile îi deveniseră mai puternice, iar bărbia se ascuțise și ea. Nu putea să spună că îi displăcea întru totul ce vedea. Dacă n-ar fi fost chestia cu urechile și coarnele, ar fi fost chiar încântat. Devenise un bărbat aproape frumos. Cu un chip care emana putere și voință.

În timp ce, așezat pe pat, se gândea cum ar fi putut să se arate în halul ăsta familiei sale, fără să le provoace tuturor un șoc cu consecințe necunoscute, sora lui, Greta, deschise brusc ușa, probabil pentru a-l trezi personal, așa cum făcea în situații de urgență, în diminețile în care lui Grigore K. i se făcea atât de lehamite de slujba lui de la bancă încât refuza, pur și simplu, să se dea jos din pat. Se auziră un țipăt și ușa care se trântea la loc. Apoi începură șușotelile în toată casa.

Se auziră și vocea tatălui, care începuse să vorbească mai tare, și reacția mamei, care îl pâsâi pe acesta ca să continue conversația în șoaptă. Fără să audă exact, își imagina ce își spuneau cei trei și cât trebuia să fi fost de îngroziți. Șoaptele, care continuară câteva ore, îl descurajară cu totul să iasă din cameră. Se întinse pe pat. Murea de foame și se întreba oare ce mănâncă dracii.

Probabil legătura aceea puternică pe care o avea cu sora lui mai mică o făcuse pe aceasta să îi simtă suferința, drept care, la puțin timp, ușa se deschise, și sora, din pragul ușii, fără să ridice privirea, împinse spre el o măsuță dintr-acelea pe roți, pe care se servesc băuturile. Înainte să închidă ușa la loc, prinse un pic de curaj și ridică privirea. Un nou țipăt urmă inevitabil, și ușa se trânti din nou.

Recunoscu inteligența Gretei în castronașele mici și variate de pe cele două niveluri ale măsuței. Erau acolo multe feluri de mâncare, foarte diferite. De la legume proaspete și fructe la carne preparată în multe feluri. Crudă și fiartă, prăjită în ulei și făcută aproape scrum. Pe tăvița de dedesubt erau castronașe cu ce mai rămăsese în frigider de cine știe când. Până și o porție din mâncarea pisicii. Observă cu stupoare că îl atrăgeau lucrurile care miroseau cel mai tare și de care, până în seara precedentă, nici nu voia să audă. Avusese un stomac atât de sensibil, încât orice aromă ceva mai tare îi făcea rău. Și acum se aruncase direct spre brânza mucegăită, care se făcuse ca o pastă și în care își înfipsese degetele. De asemenea, batogul de pește afumat, care până cu o seară înainte îi păruse oribil, acum îi plăcea nesfârșit. Mai era, pe policioara de dedesubt, și o cutie nedesfăcută. Se grăbi să vadă ce bunătăți erau acolo. O deschise și o închise imediat la loc. Era plină cu viermi și râme. În loc să se enerveze, zâmbi cu căldură. Cât de inteligentă era Greta! Probabil se sfătuise ceva timp cu mama despre ce mănâncă o dihanie de felul celei în care se transformase el. Așa că încercase să-și dea seama cam ce i-ar fi plăcut să mănânce. Și să învețe ce îi plăcea. Pentru că mesele următoare aveau să se reducă în sortimente, dar să crească în volum. După ce termină de mâncat, bătu în ușă. Și lăsă căruciorul în fața ușii, pentru ca sora lui să nu fie nevoită să mai intre în cameră.

Trecură în acest fel câteva zile. Șușotelile nu încetaseră și, din când în când, în momentele în care părinții lui ridicau vocea unul la altul, exasperați, prindea și el crâmpeie de conversație. Unele îi rupeau sufletul, iar hohotele mamei și ale Gretei îl făceau și pe el să plângă la unison cu ele. Încercase o dată să iasă până în sufragerie. Dar nu reuși să ajungă decât pe coridor, pentru că mama începu să țipe atât de tare la vederea lui, încât tatăl, pentru a-i opri înaintarea, aruncase în el cu ce găsise la îndemână. Un măr i se înfipsese într-unul dintre coarne. Reintrase în camera lui rapid și cu coada între picioare. La propriu.

Cum transformarea sa avusese loc într-o luni, Grigore K. avusese destul timp să mediteze la ea până la sfârșitul săptămânii. Trebuia să întreprindă ceva, trebuia să scape din camera aceea pe care începea din ce în ce mai mult să o simtă ca pe o celulă. Știa că, invariabil, întreaga familie mergea, duminica dimineața, la biserică. Cu atât mai mult urmau să meargă acum, când aveau un drac în casă. De fapt, părinții și sora lui avuseseră deja o tentativă de a-l exorciza, în ziua de joi, pentru că primiseră în casă trei bărbați, dintre care unul părea să fie popă. Ai lui plecaseră de acasă și probabil sperau că, atunci când s-ar fi întors, toate vor fi revenit la normal. Singurul care intrase în cameră fusese preotul, cu o cruce imensă în față, ca și cum ar fi fost vreun vânător de vampiri. Dar, cum Grigore K. se repezise la el, acesta o luase la fugă atât de tare, încât vecinii de jos începuseră să bată cu coada măturii în tavan. Îl fugărise pe popă, care traversase sufrageria în viteză și se dusese învârtindu-se. El se oprise în sufragerie, unde cei doi domni exorciști stăteau liniștiți la masă și îi mâncau brânza putrezită și batogul pe care i le pregătise Greta pentru micul dejun, dar, plecând în grabă, nu apucase să i le aducă. Cum cei doi nu se sinchisiseră deloc de prezența lui, se întorsese în cameră.

Trebuia așadar cu orice chip să plece din căminul până atunci atât de cald al familiei sale. Urma să facă asta duminică dimineața. Adormi cu gândul că, până la urmă totuși, se transformase în ceva puternic și că soarta ar fi putut să fie și mai necruțătoare cu el – să se fi trezit, adică, într-o dimineață, poate chiar în aceeași dimineață de luni, transformat în gândac.

Atât de entuziasmat era la gândul că, în sfârșit, avea să iasă din camera aceea care îi devenise închisoare, încât nu reuși să închidă un ochi în noaptea de sâmbătă spre duminică, din cauza excitării. Avea să înceapă o nouă viață. Una care ar fi putut fi plină de pericole, dar care l-ar fi eliberat de cariera de funcționar pe care ai lui o pregătiseră pentru el. Și, dacă tot nu reușea să adoarmă, se hotărî că n-ar fi fost rău să aibă și un plan. Întâi se întrebă ce fac dracii, care e principala lor preocupare. Singurul răspuns satisfăcător pe care mintea lui reuși să îl găsească era că îi împiedică pe oameni să ajungă în Rai. Adică îi îndepărtează de calea cea dreaptă și îi ațâță la prostii. Le întind provocări, le presară drumul prin viață cu tentații, îi împing la acțiuni nesăbuite. Pe cale de consecință, probabil că și el trebuia să facă același lucru. Nu știa dacă chestia asta se dezvolta natural sau dacă vreun șef al dracilor, poate Lucifer, ar fi trebuit să îi dea un fel de ordine și o listă cu cei pe care să îi abordeze. Dar nu primise nimic, nu îl contactase nimeni. Se gândi că era, poate, prea devreme sau că era lăsat la început singur, pentru a fi testat. Cumva, reuși să se convingă de unul singur că despre asta era vorba și că, înainte de a primi o însărcinare oficială, trebuia să dea dovadă că era capabil. Poate că, dacă ar fi putut dovedi că era serios și își făcea treaba cea nouă cum trebuia, l-ar fi băgat cineva în seamă, l-ar fi premiat chiar, și ar fi reușit să urce în ierarhia dracilor, dacă o fi existând așa ceva.

Cel mai ușor i-ar fi fost să înceapă chiar cu vecinii cu care locuia în același imobil și pe care, în mod straniu, nu îi cunoscuse niciodată personal. Ba chiar, dacă se gândea mai bine, nici nu-i văzuse vreodată pe nici unul dintre ei. Poate cu o singură excepție, când zărise marginea paltonului unei bătrâne care, tocmai când cobora el scările, trăgea ușa în urma ei – odată demult. Doar atât în douăzeci și cinci de ani, de când locuia în casa aceea. Prin pereții de cărămidă ai imobilului, se auzeau câteodată voci din celelalte trei apartamente, unul pe palierul lui, iar celelalte două dedesubt, câteodată cineva mai ridica tonul, se mai auzeau plânsete și, uneori, scâncete de copil. Cu doar două zile mai devreme, când veniseră cei trei exorciști, cineva din apartamentul de dedesubt bătuse cu mătura în tavan. Dar asta era tot. De parc-ar fi locuit într-un imobil bântuit. Dar știa sigur că părinții lui se întâlniseră de câteva ori cu vecinii. Chiar mama sa îl ajutase la curățenie pe unul dintre vecini, care era colonel sau așa ceva. Îl mânca limba să-și întrebe părinții ce știau despre vecini, dar, în condițiile date, știa că asta era cu neputință.

Se uită la ceas. Mai erau câteva ore până la ivirea zorilor, așa că trebuia să își mai omoare timpul. Nu mai putea să stea locului. Începu să măsoare perimetrul camerei cu pași mari. În timp ce peripatetiza el așa, un alt gând îl vizită. Oare ce calități supranaturale o avea un drac? Invizibil nu era, în mod evident. Durerea o simțea. Și asta era la fel de evident. Și încă cum. Se întrebă dacă avea forța necesară să ridice lucruri grele. Se opri în fața biroului. Plasă strategic un deget sub el și se opinti. Acesta nici măcar nu se urni. Mai încercă o dată, cu două degete. Abia când folosi întreaga mână, biroul se clătină un pic. Dar asta probabil că i-ar fi reușit oricărui om normal. Așadar, nici vreo forță extraordinară nu avea. Se întrebă apoi dacă ar fi putut trece prin zid. Se așeză în fața peretelui și se concentră bine de tot. Întinse mâna până simți peretele. La un moment dat, ca și când i s-ar fi destupat urechile, începu să audă respirația alor săi, care dormeau în sufragerie. Îl auzi pe taică-său cum sforăia și pe maică-sa cum se foia în pat. Împinse mâna, care înaintă cu ușurință, și, când ajunse la limita maximă la care o putea întinde, fără să se urnească de pe loc, o mișcă în stânga și în dreapta. Prinse ceva și trase. Avea în mână ceasul deșteptător al părinților săi. Așadar putea trece prin zid. Și putea să audă ce se întâmpla în încăperi în care nu se afla. Asta era grozav. Vesel nevoie-mare, începu să țopăie prin cameră. Se opri în fața oglinzii și se privi lung. După care începu să se strâmbe și să se scălâmbăie în toate felurile. Și asta îi ieși de minune. Tot mai încântat de sine însuși, se întrebă câte alte calități dobândise pe care nici nu i-ar fi trecut prin cap să le încerce. Poate că nici nu își putea imagina că existau. Și ce surprize îi mai rezerva viitorul. Ceasul deșteptător, care îi sună în mână, îi întrerupse firul gândurilor. Speriat că părinții aveau să-și audă ceasul sunând la el în cameră și că l-ar fi bănuit că bântuia noaptea prin casă, întinse parcă din reflex mâna, care trecu prin zid ca prin brânză, puse ceasul care continua să sune înapoi pe lada de lângă pat și-și trase mâna repede înapoi.

Auzea, cuprins de nerăbdare, întreg ritualul de duminică al familiei sale. Niciodată acest ritual nu îl enervase atât de tare. Deși nici nu ar fi putut spune că-i plăcuse vreodată. Toată foșgăiala de duminică îl scotea din sărite. Își îndeplinea obligațiile doar la gândul că duminica avea loc cea mai grozavă masă de prânz. Supa cu găluște și baigliul cu mac. Mama lui râdea încântată de fiecare dată când el cerea o a patra porție de supă și când, după ce dădea gata o ruladă întreagă de prăjitură cu mac, întreba, cu gura plină, dacă mai exista pe undeva încă una. La biserică însă nu îi plăcea. Nu-i plăcuse niciodată. Deși părinții îl târâseră de pe vremea când încă mergea de-a bușilea. Dacă până în acel moment pusese această antipatie pe seama lipsei lui de credință, acum mintea i se limpezise cu totul. Era făcut să fie diavol. Prin urmare, era normal ca tot ce avea legătură cu mirosurile grele de tămâie și crucile să îi repugne. Își dădu seama că era prins într-un cerc vicios și că, până la urmă, tot un credincios era, dar unul cu semn schimbat.

În cele din urmă, după ce auzi ușa de la intrare încuindu-se și urmări pe geam cum se depărta de casă mașina familiei, ca să se asigure că n-ar fi existat surprize, ieși tiptil din cameră, descuie yala, după care trase după el ușa, care se închise cu zgomot în urma lui. Unghiile exagerat de mari de la picioare îl deranjau, așa că dură o vreme până când ajunse la celălalt capăt al coridorului, vizavi de scările care duceau la etajul inferior. Coridorul i se păru mai lung ca niciodată. E-adevărat, nu îl străbătuse până acum, dar privit din fața ușii sale păruse mult mai scurt. Becul de deasupra apartamentului vecin era ars. Nu își amintea să îl fi văzut vreodată aprins. Poate de aceea avusese, din copilărie, senzația că acea ușă, ascunsă cumva după un fel de prelungire a zidului, avea ceva misterios. Se opri în fața ei și citi numele de pe plăcuța care se desprinsese într-o parte și atârna pe jumătate. „Sor...ini“, citi în gând, încercând să intuiască litera care lipsea dintre *r* și *i*. „Sorbini? Sordini? Sorfini?“, încercă să ghicească. Dar se lăsă repede păgubaș, pentru că oricum nu avea cum să îi confirme nimeni care ar fi fost varianta corectă. Doar cei care locuiau acolo. Și aceia urmau să îi spună direct. Sună la ușă, fără să știe cum să i se adreseze exact celui care urma să deschidă. Numai că nu răspunse nimeni. Insistă, repetând gestul de mai multe ori. Nu părea să fie nimeni acasă. Totuși, parcă se auzeau voci din interior. Așa că se înfipse bine în cele două picioare și, cu un fel de zumzăit nazal, se puse din nou să se concentreze. La scurt timp, urechile i se destupară și începu să audă ca și când ar fi fost înăuntru. Auzi un scârțâit, niște pași și ceva ce semăna cu un bombănit. Apoi se auzi o ușă și se făcu liniște. Era clar, în apartamentul învecinat era cineva care nu voia să deschidă. Era timpul să își exerseze a doua abilitate pe care o dobândise recent. Se concentră și mai tare și se repezi cu capul în ușă. Dar ușa se repezi, la rândul ei, în capul său. Se trezi aruncat înapoi, întins cât era de mare pe podea. Asta îl uimi peste măsură. Nu știa dacă avea vreo limitare fizică sau era doar lipsa de antrenament. Decise că de vină era ușa, care era din lemn. Și probabil că lemnul avea o densitate mai mare decât cărămizile. Se ridică și se apropie de zid. Își duse mâna la cap. Unul dintre coarne părea că se rupsese parțial și mai atârna doar într-o pieliță. Simți ceva umed în jurul rănii. Își privi mâna și constată că în loc de sânge i se scurgea din rană un lichid vâscos, de un verde aproape fluorescent. Făcându-și curaj, prinse bucata de corn și, strângând tare din dinți de durere, o puse la loc, așa cum fac ortopezii cu un umăr dizlocat. În câteva secunde, cornul era ca înainte de incident. Așadar, avea capacitatea de a se vindeca singur. „Interesant, interesant!“, își spuse, satisfăcut.

Se dădu în spate, ca să încerce aceeași figură, dar de această dată cu zidul. I se păru totuși prea riscant pentru moment, așa că încercă doar cu mâna. Aceasta pătrunse usor. Mișcă mâna în direcția ușii, pipăind, până simți clanța și, mai jos, o cheie. O răsuci și descuie. Intră tiptil, având grijă să o închidă în urma lui. Se trezi în ceea ce părea să fie un hol foarte mic, mărginit de alte două uși. În hol erau un cuier și un scaun. Ușile din față, care trebuie să fi fost intrarea într-o cameră, probabil în cea de zi, aveau fiecare în centru câte un geam dreptunghiular, mărginit de bucăți de sticlă opacă. Dar prin geamuri se putea vedea destul de clar. Se gândi că înainte de a intra era bine să studieze teritoriul. De dincolo de ușile despărțitoare se auzi un scârțâit. Se dădu în spate, de teamă să nu fie văzut înainte să decidă el să se arate. Dar își dădu seama că micul hol în care stătea era cufundat în întuneric și că puțina lumină care venea se strecura tocmai prin cele două geamuri înguste. Trase scaunul mai aproape și, cu mâinile pe genunchi, se aplecă spre unul dintre geamuri, exact atât cât să nu fie observat, dar să poată vedea ce se petrecea în cameră.

De undeva, din dreapta, intrase un om de statură medie, cu o lumânare în mână. Era îmbrăcat în costum. Se opri aproximativ în fața lui, dar în adâncime, așa că Grigore K. putu să vadă ce se întâmpla. Omul își dezlipi cu grijă întâi mustața, apoi barba și, în cele din urmă, sprâncenele stufoase. Le așeză cu grijă într-o valijoară care stătea frumos aranjată pe o măsuță de cafea. Își dădu jos sacoul și îl aruncă pe un fotoliu. Luă din nou lumânarea pe care o lăsase pe măsuță și dispăru în aceeași direcție din care venise. Câteva minute nu se mai întâmplă nimic. Tocmai când se hotărâse să intre, auzi din nou pași. Un alt om, de statura celui dinainte, cu aceeași lumânare în mână, dar de această dată îmbrăcat în haine de pompier și cu părul roșcat ca para focului – cel dinainte era brunet –, intrase în cameră și se îndreptase spre valijoară. Se oprise în fața ei și făcea ceva. Cum nu putea să vadă ce făcea, din cauza îngustimii geamului, și pentru că murea de curiozitate, K. se aplecă înainte, sprijinindu-se cu toată greutatea pe clanță. Aceasta cedă, și ambele uși se deschiseră. Fu cât pe ce să se trezească din nou la podea, dar cumva, cu niște pași mari, de parc-ar fi alergat, se îndreptă spre celălalt capăt al camerei, reușind, pentru moment, să se redreseze, dar se propti în pompier, îl dărâmă pe acesta și se prăvăli peste el.

Nedumerit, cu ochii cât cepele, locatarul nu înțelegea ce i se întâmpla. În cădere, casca de pompier i se desprinsese de pe cap și-i agățase peruca roșcată. K. recunoscu părul grizonant al brunetului care își desprinsese mai devreme barba și mustața false. „Ia te uite“, își spuse. „Un maestru al deghizărilor.“ Se ridică încet și se așeză cu grijă pe fotoliu. Sprijinit într-un cot, pompierul îl privea pe intrus. Șocul trecuse, și se instalase pe chipul său un fel de mirare.

– A început deja sezonul carnavalurilor? întrebă repede, aproape înghițind cuvintele.

– Același lucru l-aș putea întreba și eu, răspunse K., ducându-și mâna la bărbie, într-un gest teatral.

– Ce vreți să spuneți? întrebă locatarul în timp ce se chinuia să se ridice.

– Vreau să spun că păreți actorul ăla, Tony Musante, într-un serial tv. Toma cred că îi zicea.

– Habar n-am cine e Toma ăsta. Pe mine mă cheamă Sortini, spuse și îi întinse mâna lui K.

Acesta ezită pentru o clipă. Reacția jovială a gazdei îl uimi într-o oarecare măsură. Omul nu părea nici să se mire de prezența lui, nici să îi poarte vreun fel de pică. Cum n-avea habar de ce trebuia să facă și cum să îl abordeze, decise să se bazeze pe intuiție și să se poarte natural. Mai ales că Sortini părea să creadă că el nu era un drac adevărat, ci vreun personaj de carnaval. Iar dacă era vorba să îl împingă să facă vreo ticăloșie, trebuia să afle mai multe despre el. Doar așa ar fi putut alege în cunoștință de cauză. „Să îi dau cât poate duce", își spuse, și prin cap îi trecură câteva răutăți la îndemână: să împingă o babă pe scări, să arunce un ghiveci de flori în capul unui trecător. Chestii ușoare. De încălzire. Să se convingă de faptul că putea. Așa că își compuse cea mai plăcută mutră de care era capabil și i se adresă falsului pompier:

– Aha. Acum înțeleg ce e cu litera aia lipsă de pe ușă. Așadar, Sortini. Mister elucidat.

– Dacă vă referiți la litera lipsă de pe plăcuța indicatoare de pe ușă, să știți că nu e nici un accident. A fost lăsată așa în mod special. Ce prost crescut sunt, adăugă Sortini. Nu v-am servit cu nimic.

– Nu vreau nimic, răspunse Grigore grăbit să ajungă la subiect. Cel mai bine ar fi să vă așezați. Să nu fi pățit vreo comoție de la bușitură și să nu vă ia cu amețeală.

– Aveți dreptate. Mai bine mă așez. Sigur nu vreți nimic? întrebă în timp ce își turna de pe masă o cană mare de ceai, dintr-un vas de porțelan chinezesc.

După care, cu ceaiul în mână, luând notă de refuzul oaspetelui neinvitat, se așeză cu gesturi largi pe celălalt fotoliu.

– Cum adică a fost lăsată așa în mod special?

Cum gazda nu părea să înțeleagă la ce se referea, se văzu nevoit să specifice:

– Plăcuța. Ziceați că *t*-ul a fost omis anume.

– Tot la plăcuța de pe ușă am rămas? Întocmai. Anume. Pentru că, vedeți, eu am un frate geamăn, pe care îl cheamă Sordini. Dar dumneavoastră cine sunteți? Ca să știu cum să mă adresez.

– Eu sunt Artur, răspunse dintr-un foc K., fără să știe de unde îi venise numele acela.

– He, he, nu sunteți Artur. Asta e sigur.

– Cum e sigur?

– Așa bine. Pe Artur îl cunosc. E înger. Are aripi și tot dichisul. Așa că nu sunteți Artur.

– Aripi?

– Întocmai, răspunse foarte grav gazda.

– Aha. Așa e. Eu nu am aripi. Ci coadă.

– Da. Și coarne. Sigur nu sunteți Artur.

– Fie. Atunci sunt Jeremias.

– Așa da. Așa mai merge! Încântat, spuse ridicând ceașca de ceai ca și când ar fi închinat un pahar în cinstea musafirului.

– Numele?

– A, da. Numele. Vedeți, probabil că, la înregistrarea la starea civilă, vreun funcționar s-a încurcat, și pe certificatul meu a scris *Sortini*, iar pe cel al fratelui meu – *Sordini*. Făcu o pauză, după care completă: Sau invers.

– Cum adică sau invers?

– Așa bine. Cum părinții noștri nu s-au mai obosit să ne dea un prenume, n-am știut niciodată care e certificatul cui și cine e cine. Asta ne-a dat niște avantaje în viață, dar ne-a creat și anumite probleme. Dar e mai bine așa decât invers.

– Invers?

– Într-adevăr. Se poate să existe persoane cu nume total diferite, dar să nu se diferențieze defel una de cealaltă. Și, cu toate că sunt doi străini, să nu știi niciodată, nici după cum arată, nici după acțiunile lor, care e cine și cine e care. Cum sunt Rozenkrantz și Guildenstern. Sau, și mai rău, se poate să fie o persoană cu două nume și personalități pe măsură. Două, fiecare cu numele ei. Cum sunt Jekyll și Hyde. Unul era doctor, celălalt gentleman. Chiar dacă nu se știe exact ce meserie avea Hyde. Așa că, vedeți, cazul meu e cel mai fericit. La noi e diferită doar consoana de la mijlocul numelui.

– Fratele dumneavoastră, domnul Sordini, locuiește aici, cu dumneavoastră?

Gazda nu răspunse. Părea că ceva greu de tot îi sta pe creier. După întrebarea oaspetelui, privirile i-o luaseră razna și, după ce cercetaseră camera ca și când n-ar fi recunoscut-o, îi rămăseseră ațintite fix într-un punct din perete.

– Fratele dumneavoastră locuiește aici, cu dumneavoastră? insistă K.

Deși se aștepta ca pompierul să continue cu mișcarea ochilor, fără să spună nimic, acesta îl surprinse, răspunzându-i în șoaptă:

– Asta-i... că nu prea știu.

– Cum adică nu știți?

Gazda se ridică încet de pe scaun, se apropie de K., îngenunche la piciorul fotoliului pe care acesta era așezat, îi puse o mână pe braț și continuă misterios:

– Pot să am încredere în dumneavoastră?

K. era destul de surprins de individul care nu se speriase de apariția lui, care nu tremura de frică în fața diavolului. Îi trecu prin cap un gând care îi produse o suferință de scurtă durată, dar intensă. Poate că nu era chiar diavol, ci doar un drăcușor, acolo. Poate că înfățișarea sa humanoidă sau proto-umană îl făcea mai simpatic. Poate că transformarea nu fusese încă desăvârșită. O dovadă era că degetele de la mâini se încăpățânau să rămână omenești. Și că nu își putea trece prin zid mai mult de o mână. Și că nu intuia deloc personajul pe care îl afla în față. Auzise că dracii se pot transforma în oricine, de câte ori vor ei. Că pot lua înfățișări animalicești, dar și ale persoanelor dragi celor pe care vor să-i ducă la pierzanie. Sau ale unor zâne foarte atrăgătoare, pentru ispitire. Se concentră o clipă, ca să încerce să se transforme în fratele lui

Sortini, în Sordini. Dar nu îi reuși. Se gândi apoi că nu îi reușea pentru că Sortini ar fi putut fi, de fapt, Sordini și că, atunci, lipsea Sortini, și el ar fi trebuit să se transforme în celălalt. Apoi se întrebă dacă nu cumva cel pe care îl văzuse înainte în cameră nu era fratele geamăn al omului pe care îl avea în față. Cu o mișcare din cap, își scutură toate gândurile și hotărî să asculte.

– Sigur, răspunse, punându-și o mână pe mâna pompierului. Totală.

Omul se liniștise și părea bucuros. Se reașeză la locul său.

– Mă întreb câteodată dacă amintirile pe care le am nu aparțin, de fapt, altcuiva, reîncepu gazda.

– Cum adică?

Sor...ini ridică degetul în semn că acum oaspetele trebuia să asculte, fără să-i mai întrerupă șirul gândurilor. Cum acesta se conformă repede, reîncepu să vorbească:

– Așa bine. Câteodată mă trezesc dimineața și văd pe-aici lucruri care nu îmi aparțin. Uitați, am găsit o mustață și o barbă care nu sunt ale mele. Sunt ascunse acolo, în valijoara aia. El crede că eu nu știu. Poate că fratele meu, sau altcineva, locuiește cu mine. Dar unde doarme, că eu nu am decât un singur pat? Într-o dimineață am găsit niște acte și o scrisoare dedicată unuia Simonini, falsificator, în care o persoană se obliga să îi vândă ostii furate de la catedrală. Altă dată, pe lângă genele și sprâncenele false, am găsit o perucă.

Se uită în jur și începu să țipe. K. privi nedumerit.

– Ce s-a întâmplat?

– Uite-o, uite-o din nou. Și se strâmbă în timp ce-și ridica picioarele ca și cum vreo reptilă scârboasă amenința să se urce pe el.

– Ce?

– Peruca. Peruca roșie.

– Păi asta ați avut-o dumneavoastră pe cap!

– Zău? răspunse mai liniștit pompierul. Se prea poate. Vezi – pot să vă tutuiesc? Exact despre asta vorbesc. Nu-mi amintesc niciodată nimic. Nu știu dacă Sordini locuiește sau nu cu mine. Nu știu ce face când e fără mine. Dacă nu face chestii în numele meu, ca să mă bage în bucluc. Cine știe dacă n-o să mă trezesc la un moment dat cu vreo doi vlăjgani la ușă, care să mă ducă la un proces, fără să știu exact ce am făcut, pentru că n-am făcut eu, și nici măcar de ce sunt acuzat, pentru că nu sunt acuzat eu. Să mă trezesc, la un moment dat, înjunghiat în inimă, exact ca un câine, undeva pe un câmp, sau în vreun subsol, sau pe vreun teren viran, fără să știu de ce. Nici măcar dacă eu sunt cel înjunghiat sau e fratele meu geamăn.

Până ce Grigore să încerce să priceapă ceva din ce vorbea gazda, aceasta reîncepu:

– Să vezi ce am descoperit ieri. Haine preoțești. Și nu numai. La mine în casă, e un coridor întunecat, pe care ai face bine să îl parcurgi cu lumânarea, atât de adânc și de întunecos e. Vrei să vezi?

– Sigur, răspunse K.

Se ridică și porni în urma gazdei, care aprinse lumânarea și dispăru în dreapta camerei de unde K. îi văzuse și pe el, și pe celălalt ieșind mai devreme. În timp ce îl urma pe Sortini, îi veni în cap o întrebare:

– Dumneavoastră sunteți pompier?

– Am făcut odată un dar unei comunități – o pompă pentru incendiu. Dar nu se poate spune că sunt chiar pompier. Poate printre atribuțiile mele se regăsește și aceasta, de pompier sau de responsabil cu asigurarea contra incendiilor. Sau poate doar țin locul cuiva. Naiba știe.

Coridorul în care intraseră și pe care Sordini abia îl descoperise era, într-adevăr, nesfârșit. Dar nu era un coridor oarecare, ci mai degrabă un fel de garderobă infinită, cum sunt cele de la teatru. De jur împrejur, atârnau haine de toate felurile, costumații variate. Toate bărbătești. De la costume de vânătoare la îmbrăcăminte de epocă. Până și straie ciobănești și preoțești erau acolo. De diferite confesiuni. Ceva mai jos, începea sectorul cu peruci. Și acestea erau nenumărate. Cu diferite frizuri și coafuri. Stăteau frumos așezate pe capete de manechin, fără trăsături, ci perfect netede.

Urmau apoi alte obiecte de machiaj. Rujuri și farduri de toate felurile, și creioane, și chestii care străluceau, și sprayuri, și câte și mai câte despre a căror existență sau utilitate K. n-avea nici cel mai vag habar. Trusele de machiaj erau așezate în preajma unei adevărate cabine de machiaj, doar că nu erau într-o cabină. O oglindă mare, cu niște luminițe colorate pe deasupra și cu un scăunel foarte jos în față. Fără să știe de ce, K. se opri să se privească în oglindă. Poate voia să vadă cum mai evoluase. Dar când Sortini se apropie cu lumânarea pentru a-l ajuta să vadă mai bine și ridică lumânarea în fața sa, K. văzu în oglindă doi oameni identici. Unul era îmbrăcat în pompier, dar celălalt avea mustață, barbă, sprâncene stufoase și o privire de om rău. Se pierdu cu firea, i se făcu rău de frică și leșină.

Simți întâi o palmă, ca prin vis, apoi că se îneca. Pompierul, aplecat deasupra lui, îl întrebă:

– Ești bine? Sunteți bine?

Se dezmetici și duse mâna la față. Pompierul avea în mână un pahar. Probabil aruncase apă pe el. Acum îl ajuta să se ridice.

– Vedeți? spuse acesta în timp ce îl ajuta să se așeze. V-am zis că nu-i așa de plăcut. Ți se cam ridică părul pe spate.

K. era șocat de propria reacție. Își aminti încă o dată senzația de când văzuse cele două persoane în oglindă și avu o nouă tentativă de leșin. De data asta izbuti să se controleze. Se ridică brusc și se îndreptă spre ușă.

– Nu puteți pleca așa. Trebuie să stați jos până vă reveniți. Trebuie să beți măcar o cană de ceai negru dintr-ăsta. Altfel vi se poate face rău din nou. Și Doamne ferește să cădeți pe scări.

Spuse asta și îl luă de brațe. Îl conduse înapoi pe scaun.

Docil, K. se execută întocmai. Luă cana de ceai și începu să soarbă din ea. Tot ce voia era să iasă din locul acela sinistru. Nu era încă hotărât dacă avea să continue cu vizitele la ceilalți vecini. Dar, oricum, ca să poată face asta, trebuia să își revină complet, așa că îl rugă pe falsul pompier să schimbe subiectul și să îi povestească despre ceilalți vecini.

– Nu știu prea multe. Oamenii de aici sunt foarte discreți. Știu că sub mine stă o babă, cam nebună. Și că se plânge tot timpul că fac zgomote. Am un canar în dormitor, și cică îl aude de fiecare dată când sare de pe o bară pe alta în colivie. Odată m-a acuzat că am băgat o sârmă prin tavan și i-am smuls marama de pe cap în timp ce dormea. Pe palier cu mine stă o familie destul de zgomotoasă, dar altceva nu mai știu despre ei.

– Și la parter? întrebă K., căruia parcă îi mai venise inima la loc și se gândea să își continue periplul. Poate la următoarea vizită avea să fie mai cu noroc și avea să dovedească și el, în sfârșit, că era la înălțimea misiunii ce îi fusese încredințată.

– La parter locuiește baba despre care îți spuneam. La celălalt apartament nu mai stă nimeni.

– Cum nimeni? întrebă Grigore, de vreme ce era sigur că auzise bătăile în tavan, venind din apartamentul de sub el.

– Așa, nimeni. A locuit acolo o vreme destul de îndelungată un căpitan. Atât timp cât a fost șeful unui experiment destul de ciudat.

– Căpitan? Eram convins că era colonel.

– Căpitan, colonel, tot aia. A fost șeful unui penitenciar. Era un descreierat și un sadic. A inventat o mașinărie de tortură care scria sentința, cu niște chestii ascuțite, pe corpul condamnatului. Un sadic. Acum e oale și ulcele. Cică ar fi îngropat undeva în secret și că se așteaptă a doua sosire a lui.

– Adică o înviere?

– Cam așa, râse falsul pompier. Lumea e un loc ciudat.

– Într-adevăr, spuse K., în timp ce se ridica. Lumea e un loc al naibii de ciudat.

Ieșise din apartament și se sprijinea de balustradă, undeva la mijlocul scărilor. Întâmplarea de mai devreme îl speriase atât de tare încât uitase cu desăvârșire motivul pentru care bătuse la ușă. Iar povestea cu colonelul îl îngrozise de-a dreptul. Se întrebă oare unde putea merge, dincolo de asta, ca să își îndeplinească și el rostul. Glumele lui cu ghiveciul și împinsul pe scări i se păreau în acel moment ridicole. Trebuia crescută miza, dar până unde? Era clar că persoanele pe care le întâlnise erau deja destinate iadului. Așa că întreg efortul său ar fi fost inutil. Nimeni nu poate fi condamnat de două ori să putrezească în iad, fiindcă iadul e veșnic oricum. El cum să îi deosebească pe oameni unii de alții? Aproape că se puse în genunchi, să implore cerul să-i lumineze calea. Dar își dădu seama că nu cerul se ocupa de problema lui. În timp ce se gândea la toate astea, ajunse în fața ușii aflate exact sub apartamentul lui Sortini. Sună.

– Vin, vin, se auzi o voce hodorogită. Nu mai suna atâta, că-mi faci nervii praf.

Se auzi un șchiopătat, un fel de mers legănat, mai multe zăvoare deschizându-se, și în fața lui se ivi o babă. Primul impuls al acesteia fu să îi trântească ușa în nas. Dar K. puse piciorul în deschizătură și își trimise coada spre gâtul babei. Pămătuful din vârf o gâdilă pe la nas, și aceasta începu să strănute. O dată și încă o dată. Diavolul profită de neatenția ei și intră în casă. Câteva minute mai târziu, privea mulțimea de fotografii de primprejur. În cele mai multe era o femeie înconjurată de o grămadă de copii. Era și o serie cronologică, pentru că, pe măsură ce traversau camera, de la stânga la dreapta, copiii se înmulțeau și erau din ce în ce mai mari. În nici una dintre fotografii nu exista nici un bărbat.

– Ăștia sunt copiii dumneavoastră? întrebă K.

– Ai mei. Dar ai cui să fie? Unsprezece, spuse baba în timp ce își punea proteza pe care o scosese dintr-un lichid care semăna cu osânza de porc.

– Trebuie că sunteți tare mândră de ei.

– Da. Sunt, în general, copii de treabă. Fiecare are și calități. Dar defectele lor le depășesc cu mult calitățile. Așa că un ochi râde, altul plânge. Mă mândresc, dar mi-e și rușine cu ei.

– Lipsește tatăl copiilor din toate fotografiile astea. Ce s-a întâmplat cu el?

Purta o conversație mai mult de complezență. Baba era aproape de finalul vieții, și el încerca să o evalueze, în vederea îndreptării ei urgente spre un păcat cât se poate de grav. Ce îl uimea era că bătrâna nu se sinchisea de aparența lui diavolească. Or, babele, știa sigur, erau primele care să reacționeze la apariții de felul lui. Ceva nu era în ordine. De când intrase, bătrâna, care era în cămașă de noapte, nu făcuse decât să se aranjeze. Se întrebă dacă își imagina cumva că venise să o ia. Și dacă nu îl confunda cu moartea, de vreme ce se gătea în felul acela. După ce își pusese o fustă și o bluză, își trăsese ciorapii și își mai luase un pulover pe deasupra, își fixă proteza, își învârti un coc și înfipse două ace în el, își puse baticul pe cap și, după ce își încălță galoșii, își trase paltonul pe ea.

– Plecăm undeva? întrebă K., ironic.

Dar atât apucă să întrebe, pentru că baba se înfipse pe picioare în fața lui.

– Na, zise, ai aflat ce-i ăla un arpentor?

K. se făcu palid. Toată roșeața drăcească îi părăsi fața. O avea înaintea lui exact pe baba din vis.

– Ce te-ai șocat așa? Credeai că am uitat? Că tot vrei să intri pe ușile alea și că ești atât de nepregătit? Nu îți șade mai bine conțopist la bancă? Deci, ai aflat sau nu ce-i ăla un arpentor?

K. fusese redus la tăcere. Nu putu să facă altceva decât să ridice din umeri.

– Un arpentor e un agrimensor, care n-are scule și nu reușește niciodată să facă munca pentru care e și nu e plătit. Clar? Cât despre soțul meu, taică-său l-a prins cu scrisori mincinoase trimise unui prieten și l-a condamnat la moarte prin înec. Tâmpitul l-a luat în serios și s-a aruncat în râu. Ceea ce o să faci și tu, mai zise baba și îi dădu brânci afară din apartament.

*

Ajunse, nu se știe cum, în stradă. Trăise acele experiențe umane din perspectiva noii sale identități pe care și-o asumase ca fiind a unui drac. Ieșind însă din imobilul acela unde condiția umană i se părea mai de neînțeles ca niciodată, neștiind exact care aveau să fie următorii săi pași, ce urma să facă, mai exact, se așeză pe bordura rece care mărginea strada. Și, rememorându-și, dintr-o singură suflare, tot ce trăise în ultimele ore, simți că îl îneca râsul, întâi ușor, după care intensitatea crescu și se transformă într-un hohot enorm și convulsiv, care nu părea să se mai oprească vreodată. Nici mașina care lovise cu putere balta din fața lui și îl umplu de apă și de noroi din cap până în picioare nu păru să îl poată opri, nici mulțimea de gură-cască adunați ca la circ și care se lăsaseră molipsiți de valurile de râs ce-i zguduiau întreg corpul, până când strada întreagă ajunsese să se cutremure de-atâta râs. Pe măsură ce râdea, coada și coarnele i se retrăgeau, pentru ca, la final, în toiul hohotului celui mai mare, să fi dispărut cu desăvârșire!

A DOUA MOARTE A PIRATULUI FRANCIS DRACUL, SIR, CAVALER ȘI PUNGAȘ

Ce l-a făcut, oare, pe piratul Billy Gordon să își abandoneze întregul echipaj și s-o ia razna, călare pe o capră supraponderală, zgâriind cu a sa *espada ropera* nisipul, prin întinsul deșertic al țărmului Mării Moarte? Și cum a ajuns el să aleagă o mare interioară, adică sfârșitul, se știe, al oricărui corsar care își dorește să mai aibă un viitor? Numit de însăși regina virgină (chestie discutabilă), Elisabeta a Angliei, pirat oficial al Coroanei (termenul corect e *privateer* – ceva ce e mai nobil decât un pirat, un pirat care jefuiește și ucide în numele statului), după ce fusese înnobilat și cadorisit cu întinderi de teren pe care nici ochiul, nici imaginația nu le pot cuprinde, în loc să se oprească un pic locului, să își ia în stăpânire noile posesiuni sau măcar să încerce patul princiar din castelul cel nou, nici nu ridicase bine genunchiul flexat în fața reginei, cum se obișnuiește în timpul ceremoniilor de înnobilare (chestie cu care, personal, nu era defel de acord – un bărbat îngenunchează doar în fața lui Dumnezeu, dar el, în condiții normale, nici asta n-ar fi acceptat. O singură dată plecase genunchiul, când sabia unui spaniol îi înțepase șalele, trecând dintr-o parte în cealaltă a cămășii), c-o și tulise spre portul Plymouth, să își ia din nou în posesie vasul de care fusese prea multă vreme despărțit (unsprezece zile și ceva mai puține nopți, pentru că îl vizitase în vreo două rânduri, parcurgând acea distanță numai pentru a-și revedea cabina, poate din dragoste pentru masa din lemn masiv de *Piptadenia macrocarpa*, cu intarsii metalice, făcută anume pentru el de un șef de trib din Lumea Nouă (sau de frică, poate, ca marinarii săi fideli să nu fi abandonat nava ori să fi șterpelit sfeșnicele din argint și sextantul).

Ce nebunie să-l fi apucat, cât de puternic să-i fi fost dorul de ducă, sau cât să-l fi sufocat portul, cât de prizonier să se fi simțit între bucățile de promontoriu și cât de îngrădită să-și fi simțit libertatea, de a ridicat velele de unul singur (marinarii erau beți-criță, plătind de zece ori mai mult romul pe care ei îl dăduseră pe gât prin tavernele insalubre de pe țărm sau între picioarele unor curve pline de pistrui până în vârfurile urechilor, cu părul pubian roșu ca para focului și sâni gigantici cu care-i cuprindeau cu totul, de jur împrejur)? Și cum a navigat de unul singur, ocupând pe rând sau simultan toate funcțiile de care e nevoie ca să te descurci în cele mai sinistre furtuni, când marea amenință să te înghită, și hrănindu-se doar cu pesmeți și rom, astfel încât să eșueze într-o mare interioară?

Nu își mai amintea nimic din toate astea (și, la drept vorbind, acestea sunt întrebări pe care și le-au pus și biografii săi oficiali – Harry Winston, sau Bob Picior-de-lemn, și Jacopo Cange, corsarul teribil care l-a descoperit pe Dumnezeu – și dragostea pentru scris și pentru cururi fragede – la bătrânețe, la mulți ani după ce dispăruse). Știa doar că era fleașcă de năduşeală sub tunica grea și că soarele care-i ardea fața devenise de nesuportat și aproape că-l orbea cu totul. Până și mâna și-a dus-o degeaba streașină deasupra sprâncenelor, pentru că nu era chip să filtreze lumina aceea înnebunitoare, tot așa cum nu era chip să oprească transpirația care i se prelingea de pe frunte ca sângele unui porc sacrificat pe punte (și care coboară prin îmbinările roase de timp în cabine) și îi cotropea ochii, îngustându-i și mai mult câmpul vizual. Și capra aceea, care mâncase ca o nesimțită o viață caprească întreagă, se mișca la fel ca o broască țestoasă pe care o văzuse în Indii, una din aia seculară, care nu se grăbește niciodată nicăieri. De jur împrejur nu se vedea nimic altceva decât nisip, nesfârșite dune de nisip, așa că habar n-avea unde s-ar fi putut ascunde, oricum, de soarele acela necruțător. A încercat să plescăie, ca să-și mai umezească gura, mai uscată chiar decât nisipul pe care capra călca anevoie, dar a dat peste un fel de pastă gălbuie și amară care i se întinsese pe buze. A scuipat o dată, scârbit, și s-a întrebat dacă după dunele cele mai înalte n-o fi vreo oază plină de palmieri și de verdeață, cu lacuri argintii și fructe exotice, cu niște rom și curve de calitate, ca să-și oblojească trupul, dar, în special, sufletul. A hotărât că trebuia să ia muntele acela de nisip la trântă. Poate c-ar fi fost potrivit, înainte de asta, să se spele pe față, să se răcorească în mare, așa că și-a încurajat capra, mânând-o cu dibăcie spre țărm, dar l-a salvat o strălucire suspectă care nu era de apă, ce oricum începuse să-i descompună retinele, ci a unor depozite de praf alburiu diferite de reflexiile apei, pentru că erau mate. „Sare“, și-a spus, „munți de sare“, și a făcut stânga-mprejur. Ca un navigator experimentat ce se afla, imediat a simțit mirosul morții sau, și mai rău, pe cel al orbirii definitive dacă s-ar fi scufundat în apa aceea. Sarea l-ar fi acoperit și i-ar fi topit pielea, iar soarele ar fi desăvârșit restul. L-ar fi murat instantaneu, ca pe un castravete de primăvară.

Așa că s-a întors, cu gândul să urce duna cea mai înaltă. Căldura devenise și mai necruțătoare, simțea cum obrajii aproape că-i luaseră foc, de parc-ar fi fost aruncat de dușmanii săi (nu puțini) într-un cazan în care se fierbe carnea de șobolan când orice urmă de mâncare a dispărut de pe corabie de zile întregi, pentru că s-au rătăcit pe mare. Sau ca și când un trib de canibali l-ar fi pus la rumenit, la proțap, insistând doct, în retorici nesfârșite, despre cât de gustoasă e carnea de om, mai ales de bărbat între două vârste (mai bună chiar decât carnea de iguană). De data asta până și aerul începuse să tremure. În tremurul acela, înnebunit de căldură și lumină, ajuns la limita leșinului, a văzut un arab care-i sărea în față, iar lama cuțitului acestuia a licărit în soare și l-a orbit o dată mai mult. A scos pistolul de la brâu și a tras. Un corp s-a prăbușit în aerul care tremura în fața lui. A auzit un urlet și, de pe creasta unei dune pitice, mai aproape, un alt arab a înaintat spre el, urlând ca un războinic și fluturându-și iataganul. Nu știa ce să facă. Avea un singur pistol la brâu, cu un singur glonț, pe care tocmai îl folosise. Întâi a apucat pistolul de coadă și l-a aruncat înspre agresor. Numai că arabul s-a ferit, și arma de foc, transformată în ghioagă, a trecut pe lângă el. Arabul se apropiase între timp atât de tare încât i-ar fi văzut trăsăturile feței, dacă n-ar fi avut-o acoperită. I-a văzut sacul în care era îmbrăcat dansând în jurul lui și, înainte de a-l simți mai mult cum se repezea într-un ultim salt asupra lui, ca un tigru, înainte de a vedea o a doua lamă lucind în soare, exact ca prima, în aerul tremurând, a dus instinctiv mâna la brâu. A apucat mânerul unui al doilea pistol (care, nu se știe cum, apăruse acolo între timp) și a apăsat pe trăgaci. Arabul s-a prăbușit chiar în fața lui și, în cădere, l-a agățat, trăgându-l jos de pe capră.

*

Cineva i-a turnat o vadră cu apă peste față. Răceala ei l-a înfiorat, iar prospețimea l-a făcut să plescăie de plăcere. N-a deschis ochii, la început. Și-a plimbat limba enormă peste obraz, ca să-i simtă dulceața. Când a înțeles că nu visa și că fusese înmuiat cu totul în apă de izvor, a deschis, în fine, și ochii. Deasupra lui, aplecați, stăteau mai mulți indivizi, care-i rânjeau satisfăcuți.

– Căpitane, a zis unul dintre ei, te așteptam, căpitane!

Altul i-a întins mâna și l-a ajutat să se ridice. Pe urmă l-au îmbrățișat cu toții. Unul câte unul, cu o familiaritate nemaiîntâlnită. Pe măsură ce-și lovea umerii de ai lor, camaraderește, a încercat să recunoască pe careva. Măcar pe unul dintre ei. Sigur, el era căpitanul, dar ăia nu erau oamenii lui. Nu își amintea să-l fi întâlnit vreodată pe oricare dintre ei. A pus asta pe seama insolației, așa că nu a zis nimic. A decis că e mai bine să aștepte să își revină.

– Dar voi cum ați ajuns aici? a întrebat, pe un ton neutru.

Nu i-a răspuns nimeni, pentru că nimeni nu știa ce să răspundă. Ca și el, se treziseră în locul acela, rând pe rând. Numai că, potrivit gradului fiecăruia, nu toți fuseseră norocoși să aibă și un vehicul solid între picioare. A profitat de tăcerea lor ca să se uite în jur. Ce a văzut nu i-a displăcut deloc. Ba mai mult, locul semăna cu un fel de oază, așa cum și-o imaginase ceva mai devreme. Case de pirați cu două niveluri, hambare de depozitare, ba chiar și o cârciumă înconjurau de jur împrejur un fel de lac de opal (și nu de argint, așa cum și-l imaginase, de unde a dedus imediat că oaza era una reală, și nu o plăsmuire dintre cele cu care auzise că te atrage deșertul, precum sirenele pe marinarii lui Ulise). Singurul lucru care părea să lipsească pentru ca locul să fi fost perfect păreau să fie curvele. (Dar perfecțiunea nu poate fi văzută decât în prezența imperfecțiunii, a unei erori, a unei aberații de sistem, altminteri cum să-ți dai seama de prezența ei?)

Cum oamenii așteptau curioși ca el să spună ceva, până la urmă, și-a dat frâu liber gândului:

– Cine credeți voi că sunt? a întrebat, mai cu jumătate de voce.

S-a făcut din nou liniște. Dacă n-ar fi fost neînfricat, l-ar fi cuprins panica. Dar unul dintre oameni a început să râdă în hohote, arătându-și gura știrbă și rostind monumental:

– Auzi la căpitan, „cine credeți că sunt?"

A rostit cuvintele și un hohot prelungit i-a scăpat din gâtlej. Și, în timp ce râdea, l-a plesnit prietenește peste spate, de era să-l dezechilibreze. Râsul i-a molipsit repede și pe ceilalți, iar toată tărășenia s-a încheiat într-o veselie generală. Tocmai când își pierduse speranța că i-ar fi răspuns cineva la întrebare (doar pentru a înțelege sorgintea confuziei), știrbul a vorbit din nou:

– *El Draque*, dracul, diavolul mărilor, căpitanul nostru.

Cum n-a înțeles exact cine credeau oamenii aceia că era, a insistat:

– Dracul?

– Da, căpitane, a vorbit un alt marinar, mic de statură și care avea în jurul gâtului un medalion de aur cu Sfânta Maria. Nu știu alt căpitan care să poarte la brâu două pistoale deodată. Asta e marca ta.

Și, spunând asta, i-a întins ambele arme.

– Le-ai scăpat în nisip și le-am cules pentru tine. Le-am și încărcat, în caz că mai vin beduini de-ăștia băgăreți pe aici, ca să le faci mai ușor de petrecanie.

A luat cele două pistoale, l-a băgat în pieptar pe primul, dar cu al doilea nu știa ce să facă. Mânerele erau mult prea mari sau pieptarul prea îngust ca să intre încrucișate. Așa că a rămas cu al doilea pistol în mână. Ochii i-au căzut pe o inscripție turnată anume pe mâner: „Draco“.

– Eu am servit cu tine la asediul de la Nombre de Dios, s-a auzit o voce din grup.

– Iar eu te-am ținut în brațe și ți-am oblojit rana de la picior când era să mori de friguri, pentru că-mpuțiții de spaniolii trecuseră gloanțele prin otravă. Dar nimeni nu se pune cu dracul!

Și ca și când, după ce se dăduse tonul, scăpaseră de ultimele rețineri, au început fiecare să îi spună unde și în ce împrejurare îl întâlnise. Cei mai mulți fuseseră alături de el pe *Căprioara de aur*, rebotezată așa după ce făcuseră cu ea înconjurul lumii, când se numea *Pelican*. Alții fuseseră de față la capturarea vasului *Nuestra Señora de la Concepción*, de pe care furaseră zeci de kilograme de aur neprelucrat și peste douăzeci de tone de argint. Altul fusese de față la înnobilarea sa, dar cei mai mulți serviseră sub comanda lui pe când era viceamiral în cea mai strălucită victorie a flotei engleze, înfrângerea armatei despre care până atunci se spunea că era invincibilă, în 1588. Ba vreo doi făcuseră parte din echipa care capturase galionul *Rosario*, de unde furaseră 55 000 de ducați de aur.

„La naiba, și-a spus imediat, ăștia cred că eu nu sunt eu, ci Sir Francis Drake.“

Entuziasmul oamenilor era atât de mare, încât s-a gândit că nu era cazul să le strice petrecerea și să îi contrazică. Până la urmă, tot căpitan era, și tot pirat, doar că îl chema Billy Gordon, și nu Francis Drake. (Și un fel avansare nu i-ar fi prins rău în cazul de față, pentru că oamenii păreau să îi poarte o admirație nesfârșită, presupând că știau cine era și neștiind că nu era cine presupuneau ei că era, ci altcineva. Asta ar fi putut fi în avantajul său, așa că pentru moment încurajă confuzia.)

Ziua a continuat cu vizitarea micii așezări, cu întrebări despre felul în care se hrăneau, de unde-și procurau cele necesare. L-au dus inclusiv să îl viziteze pe ceh.

– Ce-i ăla ceh? a întrebat căpitanul.

– Un fel de maimuță cu mutră de om, retardată, care vine dintr-un oraș numit Brno și face tumbe întruna. Și urlă ca toți dracii.

Dar la prima sa vizită, deși l-au întărâtat cu bățul și l-au îmbiat cu trestie de zahăr, cehul a rămas impasibil. Nici măcar n-a deschis gura!

După cum a aflat, ăia despre care crezuse că erau arabi chiar erau arabi, numai că se chemau beduini, pentru că erau nomazi și trăiau sub dunele de nisip, pe tot cuprinsul deșertului. Iar oamenii lui luaseră cu ei o bună parte din comoara jefuită de pe *Rosario* și îi plăteau pe așa-numiții beduini să le aducă toate cele trebuincioase. A întrebat atunci dacă nu era un lucru rău că-i omorâse pe cei doi beduini. I-au răspuns că se descurcau ei să nege că i-ar fi văzut și să sugereze că i-ar fi înghițit o furtună de nisip. Singura îngrijorare a lor era cum să procedeze cu cămilele. N-a știut ce sunt alea până când, într-o noapte, cuprins de insomnii și de vise despre călătoriile lui Drake, care se transformau, încet-încet, sub puterea autosugestiei, în amintiri uneori atât de vii încât ar fi putut să jure că fusese acolo, ieșind să se ușureze, a dat nas în nas cu cele două patrupede, pe care oamenii le ascunseseră în hambar de frica beduinilor, care le-ar fi recunoscut. S-a întors agitat și a întrebat ce erau chestiile alea, cu dinții așa de mari și cu ochii atât de blânzi, care rumegau ca niște cai și scuipau ca niște capre. Și care aveau spatele precum cocoșații care cerșesc prin porturi.

– A, și apropo de capre, a spus, unde e cea cu care am venit? Să nu care cumva să mi-o mănânce careva, pentru că aia e o capră eroică.

Nimeni nu știa de vreo capră sau nu își amintea să îl fi văzut călărind ceva. Ba unii erau convinși că venise călare pe un cal negru ca pana corbului, altul că avea o stea în frunte, acel cal, alții că-l adusese un dragon, care-și luase zborul. Atunci au avut un mic conflict. Pentru că a refuzat să accepte că se înșelase. Și a ținut-o morțiș cu capra. Până când, enervat, i-a făcut, din sare de la marginea mării și din pietre, o statuie chiar în fața cârciumii. Și i-a zis, în cinstea reginei și în amintirea luptelor nesfârșite cu spaniolii, Santa Elisabeta Cabra.

La scurt timp, în afara viselor care deveneau amintiri despre momente reale, au început să apară și celelalte semne. Când s-a trezit dimineața, să își îmbrace tunica de căpitan, pe cuier erau două tunici. Pe una a recunoscut-o, era a lui, dar cealaltă putea să jure că era cea în care-l văzuse odată pe Francis Drake, plimbându-se țanțoș prin port. După asta, amintirile au devenit mai frecvente și mai vii, ba chiar a început să își amintească și numele oamenilor și împrejurările în care-i cunoscuse. Totul a culminat în dimineața în care beduinii (care nu erau băieți așa de răi și de care îi părea rău că-i omorâse) au adus o bucată dintr-o oglindă venețiană, în care și-a văzut chipul. Care nu era al lui, ci al celuilalt, al celui mai celebru pirat din toate timpurile.

Atunci, fără să își pună vreo întrebare (poate de teamă că nu i-ar fi convenit răspunsul), și-a asumat pe de-a-ntregul rolul de căpitan. A început prin a încerca să pescuiască și, cum n-a prins nimic, să se întrebe ce fel de mare era aia unde nu exista nici o vietate, nici măcar o algă, și în care, dacă te scufundai, ieșeai la suprafață, iar dacă te așezai pluteai ca într-un fotoliu. Cu cât pierdea mai mult vremea cu mărunțișuri, cu atât amintirile lui Drake îl cotropeau mai tare. Ajunsese să își amintească până și de prima nevastă, Mary Newman, dispărută, și de cea de-a doua, Elizabeth Sydenham. De altminteri, memoria începuse să îi regreseze în așa hal încât seara, când stătea cu un fel de whiskey în față, pe care îl produceau acolo din te miri ce ierburi deșertice, își amintea de copilăria lui din Crowndale, Tavistock, în comitatul Devon, și de mama sa, Maria Mylwaye, și de tatăl său, Edmund Drake – în așa fel încât începuse și el să aibă dubii despre cine era, de fapt.

Ca să-și mai alunge fantasmele și pentru că soldele șutite de la spanioli fuseseră înghițite, încet-încet, de beduinii care începuseră să se înmulțească prin zonă, a hotărât să supună la vot planurile construirii unei corăbii cu care să plutească pe marea aceea pustie, cu gândul că undeva, pe vreun uscat mai prietenos, tot ar fi trebuit să ajungă. Le-au dat beduinilor tot ce au avut în schimbul lemnului, și al pânzelor, și al fierului, și al tuturor materialelor de care mai aveau nevoie pentru construcție. Cum nu le-au ajuns banii, au făcut un pact cu beduinii, care conținea promisiuni de îmbogățire nemărginită pe baza unei comori îngropate (celebra comoară a lui Francis Drake).

Tocmai terminaseră de construit corabia și erau la ultimele finisaje, când a simțit o forfotă neobișnuită. Oamenii se agitau de colo-colo, se adunau în grupulețe, discutau ce discutau și se agitau din nou. Nimeni nu s-a apropiat de el în acea zi, iar cei care izbuteau să îi arunce câte o privire, mai mult din greșeală sau pentru că nu aveau cum să își întoarcă fața din cauza soarelui, care exagera cu strălucirea în ziua aceea, parcă-l priveau cu ură sau dispreț, sau ceva amestecat. A intuit imediat că beduinul acela crăcănat, singurul care purta pantaloni și care era un fel de gazetă mondială, pentru că aducea vești despre ce se mai întâmpla prin lume, reale sau inventate, nimeni nu putea ști, le adusese o veste care, cel puțin pentru el, părea proaspătă. S-a apropiat de oaza pe unde își făcea veacul beduinul purtător de știri, iar oamenii s-au risipit din calea lui ca potârnichile. L-a tras deoparte pe beduin și l-a întrebat ce le spusese, de oamenii se comportau în felul ăla atât de ciudat.

– A murit Francis Drake. S-a căcat atâta încât la sfârșitul zilei grămada de căcat care rămăsese în urma lui l-a depășit în înălțime, a spus beduinul, după ce a scuipat iarba pe care o mesteca pe post de tutun.

Vestea asta l-a șocat atât de tare, încât l-a pus serios pe gânduri. S-a dus pe țărmul mării și, măcinat de vestea privind tragicomica dispariție a piratului, îngrozit că și-ar fi putut supraviețui propriei legende și să se umple definitiv de rușine, s-a lăsat pe spate, a închis ochii și a mai murit o dată!

*

Nota autorului:

Povestea de mai sus nu e numai bazată pe fapte reale, ci zugrăvește întocmai o realitate exact așa cum s-a întâmplat. Autorul, în acest caz, e doar un soi de notar, care înregistrează cu seriozitate faptele, în ordinea lor cronologică. Exact așa cum s-au desfășurat. Nu numai că numele protagoniștilor nu au fost schimbate, dar nici familiile lor, dacă or mai fi existând, nu au fost protejate prin asta! Mai trebuie spus că această istorisire a circulat o vreme destul de îndelungată prin anumite cercuri de inițiați. Și că un număr considerabil de autori s-au folosit de ea în fel și chip. Și nu numai autori, ci și oameni de știință. Unii au păstrat ceva, alții – altele. Nimeni dintre ei, însă, nu a citat vreodată vreo sursă, nici nu a povestit că ar fi fost bazată pe întâmplări reale. Scriitorul orb Jorge Luis Borges, de exemplu, a folosit-o extensiv. Cel mai clar se vede (dacă știi să citești printre rânduri) în povestirea sa *Funes, omul care ține minte tot.* Însă rudimente din ea și subtextele ei pot fi întâlnite de-a lungul și de-a latul întregii sale opere. Albert Camus a furat doar prima parte, cea cu arabii, dar, ca să nu ne dăm seama, a înlocuit doi arabi uciși cu unul singur. Lumea a făcut mare caz de povestea lui, ca și cum ar fi fost ceva original. Shakespeare s-a folosit de ea în *Titus Andronicus* și în vreo două sonete de dragoste. Lista e lungă. Ea conține autori diferiți, din secole diferite. Cert e că, de pe la 1600, nu există deceniu în care să nu fie întâlnite undeva reverberațiile ei. Freud și Jung au fost inspirați de povestea lui Billy Gordon în înființarea unei științe cu totul noi, iar Charcot s-a folosit de ea ca să vindece isteria. Cicciolina a dus-o în Parlament, iar Harvey Lee Oswald s-a folosit de numerele magice care o parcurg în subteran și de ritmul ei cabalistic pentru a calcula traiectoria perfectă a glonțului care, vai! avea să îl ucidă pe Kennedy. Urșii au folosit-o ca să își poată vedea coada, înainte să-i surprindă vulpea cu ea la copcă, și Nelson Mandela – ca să desființeze apartheidul. NASA a construit, pe baza ei, un telescop nou, iar japonezii au îmbunătățit jocul de *go*. De unde se vede inclusiv că orice invenție care pornește de la bune intenții se poate transforma într-o armă letală.

CELE TREI MAGDALENE

Povestea asta n-am spus-o nimănui până acum. În cel de-al doilea roman al meu, *Testamentul lui Abraham*, personajul principal amintește o întâmplare din secolul al XVI-lea despre o călugăriță cunoscută sub numele de Magdalena a Crucii. Ideea de a o folosi mi-a venit într-un mod cât se poate de neobișnuit, și doar gândul la întreaga întâmplare care a generat-o îmi face și acum pielea de găină. Din motive lesne de înțeles, pe care le veți deduce din cele ce urmează, n-am povestit niciodată împrejurările în care am ajuns să aud această poveste. Nu știam atunci că ea e, de fapt, îndeobște cunoscută în lumea catolică. Dar numai prima parte a ei, cea oficială. O să încerc acum.

În timpul uneia dintre multele mele excursii de documentare pentru *Biblia pierdută*, mă aflam la Burgos, unde voiam să mai văd o dată Tizona, celebra spadă a unuia dintre cei trei eroi absoluți ai copilăriei mele, Don Rodrigo Díaz de Vivar, celebru sub porecla El Cid sau El Cid Campeador, la muzeul din Calle Miranda nr. 13. O fericită coincidență a făcut ca locul directorului muzeului, foarte bolnav la momentul acela, să fi fost luat, pentru o perioadă, de către unul dintre bunii mei prieteni spanioli, Don Miguel Vega de la Serna, universitar și intelectual de mare clasă. M-am nimerit acolo în interimatul său, care a fost destul de scurt, și, în acest fel, am avut acces la biblioteca muzeului, fără să trec printr-o groază de formalități complicate – accesul e restricționat doar la cercetători cu aprobări prealabile. M-am gândit că era un semn bun și m-am aruncat cu lăcomie în arhive în tentativa de a găsi cât mai multe date istorice interesante și detalii inedite despre viața eroului care se născuse, după toate probabilitățile, la Burgos și pe care primăria orașului face eforturi uriașe să și-l recupereze integral. Din acest program a făcut parte și răscumpărarea Tizonei, pentru care municipalitatea a plătit puțin peste 1,5 milioane de euro.

Muzeul ocupă două clădiri medievale, acum unite, La Casa de Miranda și La Casa de Íñigo Angulo, ambele clădite cam în aceeași perioadă a secolului al XVI-lea de către Juan de Vallejo. Puțină lume știe că, în afară de corpul principal al bibliotecii, mai există arhive și în subsolul celei de-a doua clădiri. Aici se aflau, aproape ascunse, documentele care mă interesau pe mine.

Trecuse de mult ora închiderii, dar ziua era încă lungă, așa că generosul meu prieten m-a lăsat să mai stau. Rămas singur în subsolul acela, care păstrase ceva din atmosfera unei pivnițe de pe la 1500, citeam niște lucruri interesante și, din câte îmi amintesc, foloseam ingenioasa lupă mobilă ca să văd mai bine iluminările de pe marginea manuscrisului. La un moment dat am auzit un zgomot, ca și când un șoricel ar fi trecut pe lângă raftul din spatele meu, aproape de perete. Mi-am amintit gluma aceea cu doi șoricei într-o cabină de proiecție, care ronțăiau o rolă de peliculă. Unul îi spune celuilalt: „Mie îmi place filmul ăsta!", la care tovarășul său îi răspunde: „Mie mi-a plăcut mai mult cartea!" Am zâmbit și m-am întors la lupa mea supradimensionată. Doar câteva momente mai târziu, s-a mai auzit un zgomot, și încă unul, după care ceva ce semăna cu târâitul șchiop al unor picioare pe podea. Apoi s-au auzit două voci distincte undeva mai departe pe coridor, unde lumina era stinsă. N-am putut înțelege ce-și spuneau vocile. M-am gândit că era Miguel, care venea să mă anunțe că era cazul să plecăm. Oricum urma să luăm cina împreună pe terasa fabuloasă a casei sale, de unde se vede tot orașul. Am auzit din nou mișcare în spatele raftului. M-am ridicat să văd ce se întâmpla. Nu mică mi-a fost mirarea să văd, chiar în colț, o arătare ciudată. Un om foarte mic de statură, negricios, cu trăsături amerindiene, stătea ghemuit, ținându-se singur în brațe, ca și cum i-ar fi fost frică de ceva. Când m-a văzut, a dus degetul la buze, făcându-mi semn să nu scot nici un sunet. Cum cele două voci s-au apropiat, am ieșit de după rafturi și m-am îndreptat spre ușă. Eu nu puteam vedea pe coridor, dar sunt sigur că de pe coridor se putea vedea perfect în încăperea unde era arhiva. Am pășit în întuneric ca pentru a-i ieși în întâmpinare prietenului meu. Dar în acel moment s-a făcut o clipă liniște, pentru ca imediat să se audă zgomote grăbite de pași care se îndepărtau. În timp ce mă gândeam la ce-ar fi trebuit să fac și cum să reacționez, am simțit o izbitură în umăr, am auzit o pocnitură și apoi un om care alerga. Am rămas țintuit locului într-un fel de poziție de luptă destul de ridicolă, cred. Când zgomotul s-a îndepărtat suficient de mult, m-am întors în încăpere. Bineînțeles, omul dispăruse. Probabil el mă lovise când trecuse pe lângă mine. Am pus mâna pe mobil și l-am sunat pe Miguel să vină să mă ia și să încuie arhivele.

– Ce mai e pe-aici? l-am întrebat în timp ce asistam la operațiunea complicată de închidere a zăvoarelor.

Nu știam dacă era cazul să îi povestesc ceva despre întâmplarea la care tocmai fusesem martor, despre care nu eram de altfel deloc sigur ce fusese, de fapt. Mi-am dat așadar răgaz până la cină pentru a mă hotărî. Probabil de teama de a nu mă face de râs. Sau, poate, din dorința de a păstra numai pentru mine acea întâmplare misterioasă.

– Tot felul de chestii depozitate. Alte documente care ne-au sosit recent.

– Și e cineva prin sălile astea?

– Nu. Adică nu prea ar avea cine să fie. Paznicul e sus. Ai pierdut astea, adăugă, în timp ce îmi întindea un dosar de un albastru uzat.

M-am uitat mirat la obiectul pe care mi-l întindea, fără să reacționez.

– L-am găsit pe jos, pe coridor. Probabil l-ai scăpat.

Atunci mi-am dat seama că pocnitura pe care o auzisem fusese, de fapt, zgomotul pe care-l făcuse dosarul când individul care semăna cu Montezuma îl scăpase, în fugă.

– Așa e, am zis, nu știu nici eu de ce. Mulțumesc.

Pe parcursul întregii cine nu am făcut decât să mă gândesc la dosarul acela care zăcea undeva, pe un scrin, în camera care ducea pe terasă, așezat alături de hainele noastre. Deși gazdele au fost, ca de obicei, perfecte, mie nu-mi stătea capul la nici un fel de conversație. Nici măcar bunătățile gătite cu sofisticare de soția prietenului meu nu m-au atras, deși nu m-am zgârcit la complimente. Tot ce mă interesa era să văd ce era în dosarul cu pricina. Bineînțeles, până la urmă, n-am pomenit de pățania de la muzeu.

Am deschis dosarul albastru în taxiul care mă ducea la hotel. Textul m-a cucerit de la primele cuvinte. Așa că am fost dezamăgit de cât de mic e Burgosul.

Aş fi vrut să îi spun şoferului să mă plimbe prin oraş până terminam de citit. Până la urmă, cum camerele erau foarte ciudate, n-aveau nici veioză, nici lampă pentru citit, iar lumina principală era foarte chioară, m-am hotărât să rămân o vreme la barul hotelului, să-mi aprind o ţigară şi să mai răsfoiesc dosarul.

Am comandat o carafă mică de sangria şi m-am pus pe citit. După trei pahare de vin şi aproape un pachet de ţigări, am urcat în cameră. A trebuit să trag draperiile, pentru că un soare gras şi obraznic începuse deja să lumineze întreg patul. M-am trezit foarte târziu. Şi de cum m-am ridicat din pat, m-am apucat să fotografiez documentul cu telefonul mobil, pagină cu pagină. La un moment dat, când am văzut că se făcuse deja zece, stomacul meu devenise atât de insistent încât m-am gândit că nu era o idee chiar atât de rea să cobor la masă. Mi-am spus că puteam continua la întoarcere. Mai aveam ceva timp până venea Miguel să mă ducă la aeroport, iar dosarul nu avea să fugă nicăieri.

În timp ce mă delectam cu nesfârşita listă de tapas cum numai în Castilla poţi să mănânci, am văzut cu coada ochiului un om care trecea prin faţa restaurantului, în fugă. Mi s-a părut că îl recunosc pe cel care pierduse dosarul cu o zi înainte şi care, după toate probabilităţile, era autorul paginilor ce mă fascinaseră noaptea precedentă. M-am ridicat grabnic și m-am luat după el. Am făcut la stânga, după lifturi, până am ajuns la recepție. Cum nu era nicăieri, am ieșit din hotel. Bineînțeles, nici afară nu era nici urmă de el. Ca să mă conving că nu avusesem vedenii și cum aveam o bănuială, m-am întors repede în cameră, fără să mai aștept liftul, urcând câte două trepte odată. M-am repezit la ușă. Așa cum mă temeam, dosarul dispăruse cu totul. Din cameră nu lipsea nimic altceva. Portofelul pe care îl lăsasem pe masă era intact. Așadar, era clar: omul venise să recupereze dosarul.

M-am gândit adesea la pățania pe care am trăit-o. La un moment dat am făcut chiar o excursie în Ecuador, la Guayaquil, unde locuia individul. Eram foarte curios să îl întâlnesc. Aveam câteva întrebări să îi pun, dintre care una, în mod special, mă rodea foarte tare. Am reușit cu mare greutate să identific casa în care locuia. Ajuns acolo, mi s-a spus că întreaga familie se mutase în capitală, unde omul pe care îl căutam primise, pare-se, o funcție înaltă la Biblioteca Națională. M-am dus la Quito, dar își părăsise funcția de câteva luni, pentru niște probleme de familie. Nimeni dintre cei care-l cunoșteau și care, trebuie spus, vorbeau cu admirație despre calitățile sale nu știa nimic. Până la urmă, când părăseam instituția, dezamăgit, o doamnă trecută de patruzeci de ani, cu ochelari ai căror lentile semănau cu două funduri de borcane, m-a ajuns din urmă pe scări, gâfâind, și mi-a dat o adresă din

Santiago de Chile. Câteva ore mai târziu, rugam un prieten, profesor de criminalistică, să îl identifice. M-a sunat după două zile, când eu eram deja înapoi în Europa – obligații presante, între care o întâlnire foarte importantă cu specialista numărul unu a lumii în teozofie, doamna Victoria Blavatsky-Ouspensky, m-au obligat să mă întorc. Mi-a spus că-l identificase pe individ și l-am rugat să îl țină sub supraveghere de la distanță, fără să îl sperie. Apoi, cum programul meu s-a complicat, recunosc că, spre rușinea mea, am uitat cu totul de el. Mi-a reamintit prietenul meu, criminalistul, care m-a sunat să îmi spună că era convins că individul se prinsese că era urmărit și că dispăruse de câteva zile fără urmă. Până la urmă, prin relațiile pe care le avea la Interpol, a reușit să îl urmărească de la distanță sau măcar să obțină informații despre el. De la Antofagasta la Valparaíso, coborând până la Valdivia și Punta Arenas și urcând înapoi în Argentina, prin Patagonia, prezența lui fusese, pe rând, semnalată la Rosario, San Miguel de Tucumán, apoi la Asunción, în Paraguay și în Bolivia, la Sucre. Niciodată nu rămânea mai mult de câteva zile, mereu pe fugă, mereu temător. La un moment dat am insistat ca unul dintre cei pe care prietenul meu îi pusese pe urmele lui să îl abordeze, să îi spună că nu se afla în nici un pericol și să îl liniștească. Dar ceva îmi spunea că nu eu eram cauza pentru care se chinuia atât de mult să dispară.

Polițistul care a fost rugat să îl contacteze l-a pierdut la foarte scurt timp. A mai fost văzut, sau poate doar confundat, când în Manaus, când la Paramaribo, pentru ca urma să i se piardă definitiv în Columbia, la Cartagena.

Au trecut câțiva ani de atunci, în care am făcut eforturi sporadice să îl regăsesc. Cum nu am reușit, m-am gândit că îi datorez măcar atât, să public povestea sa, exact cum a scris-o el însuși – atât cât am putut să salvez. Câteva pagini n-am reușit să le fotocopiez, iar unele dintre cele pe care le-am pozat, habar n-am cum s-au pierdut, chiar din telefonul meu. Zeul tehnicii a fost, de această dată, destul de nemilos cu abilitățile mele când am transferat fișierele pe computer, după ce telefonul făcuse, în prealabil, o baie sănătoasă. Iată așadar povestea, cu vorbele lui:

„CELE TREI MAGDALENE. CEA DINTÂI MAGDALENĂ

Mă numesc Gonzago Francisco de Orellana și m-am născut la Guayaquil. Trebuie să spun încă de pe acum că sunt stră-stră-stră...nepotul, la a optsprezecea generație, a unei femei ajunse celebră, cunoscută în istorie drept *la monja endemoniada* – «călugărița îndrăcită» –, după ce fusese răsfățată, în prealabil, cu porecla Magdalena de la Cruz. La vârsta de optsprezece ani, așa cum era obiceiul în familia noastră, de generații, am primit un fel de cutie plină cu documente. A trebuit să îmi completez imediat numele pe o listă pe care se iscăliseră toți înaintașii mei și să studiez cu atenție documentele, după care să caut o altă cutie, cu care s-o înlocuiesc pe cea pe care o primisem, pentru că, odată cu trecerea timpului, lemnul putrezește sau e mâncat de carii, și să încerc să adaug în ea, dacă eram în stare, alte documente relevante pe care le-aș fi putut găsi de-a lungul vieții. Mi s-a spus tot atunci că aveam obligația de a le povesti copiilor mei tot ce aflasem, la rândul meu, de la părinți, toate poveștile pe care le auzisem încă dinainte de a învăța să merg. Dacă unii oameni nu știu nimic despre familiile lor la mai mult de două generații, eu am avut prilejul să am întreg arborele genealogic trecut pe o bucată de hârtie. Cel de la care a pornit întreaga poveste e chiar fiul Magdalenei, pe care aceasta l-a născut în împrejurări ciudate și l-a pierdut în împrejurări și mai ciudate. Stră-stră...bunicul meu a venit în Ecuador în jurul anului 1542. Acolo, deja celebru de pe vasul cu care călătorise, pentru inteligența și curajul său, dar și pentru îndemânarea cu care mânuia spada, i-a fost prezentat conchistadorului Francisco de Orellana, pe atunci guvernatorul din Quito. Acesta l-a îndrăgit pe loc și l-a făcut mâna lui dreaptă. Voi sări peste povestea vieții stră-stră-stră...bunicului meu și voi spune doar că a fost ucis de niște amazoane pe

24 iunie 1542, undeva în preajma localității Pueblo de Quemado, după ce în prealabil fusese grav rănit de indigenii machiaro, înainte de a ajunge la Rio de la Trinidad, în avalul Amazonului. Gaspar de Carvajal, cronicarul expediției, nu are despre el decât cuvinte de laudă. Când a fost înmormântat, se spune că până și Francisco de Orellana, conchistadorul cu inima de piatră, ar fi vărsat lacrimi de durere. Inutil să adaug că de atunci încoace toți primi-născuții din familia noastră, dacă au fost băieți, au purtat prenumele conchistadorului, iar soția stră-stră...bunicului meu și-a luat numele de familie Orellana.

Dar cine a fost de fapt femeia care deschide lunga listă din cufărul secretelor păstrate cu atâta destoinicie de familia mea?

Prima variantă a poveștii se cunoaște. O știe toată lumea. Este cea oficială. E cunoscută peste tot. O redau aici doar pentru coerența discursului și pentru a seta bine termenii argumentației ce va urma.

Magdalena s-a născut probabil în 1487, într-o familie săracă din satul Aguilar, lângă Córdoba, într-o Spanie măcinată de războiul împotriva maurilor și de excesele Marelui Inchizitor Jimenez, omul pe care însăși Isabella de Castilia l-a însărcinat să pună capăt haosului care stăpânea țara. La numai cinci ani, micuța Magdalena este cunoscută în tot ținutul pentru devoțiunea ei neobișnuită. Este prezentă la toate slujbele. La una dintre ele, aude o muzică neobişnuit de frumoasă, iar în faţa ei, coborând din văzduh, apare un tânăr de o frumuseţe răpitoare. E ca tras printr-un inel, iar părul său e negru ca pana corbului. Mantia sa e atât de strălucitoare, încât o face pe micuţă să închidă ochii, orbită de lumina briliantelor, dar şi din cauza beatitudinii extatice a atmosferei. Dar chiar şi aşa, cu ochii închişi, simte un parfum divin ce îl înconjoară pe îngerul care a coborât pentru ea din ceruri. Mai mult, acesta îi vorbeşte, încurajând-o să se adâncească în rugăciune. Bineînţeles, o poveste ca aceasta nu poate rămâne secretă pentru mult timp, aşa că locuitorii Córdobei încep să se înghesuie la casa ei, pentru că o binecuvântare de la un copil inocent căruia i-a vorbit un înger e întotdeauna bine-venită. Mai ales că murmurele mulţimii sugerează că îngerul care i s-a arătat nu era nimeni altul decât Iisus Hristos.

La doar zece ani hotărăşte să fie pe veci mireasa îngerului care i-a marcat copilăria, aşa încât decide de una singură să se facă pustnică. Fuge şi se refugiază într-o peşteră din afara oraşului. Unde, după oboseala unui extaz prelungit de câteva zile, fără să mănânce nimic şi fără să bea apă, leşină. Se trezeşte în dimineaţa următoare, în patul ei. E o minune, vor spune părinţii ei şi lumea care află despre noua aventură a micuţei. Decide să postească în continuare, dar îngerul, identificat de această dată cu precizie ca fiind Iisus, îi spune că e mică și că are nevoie de putere ca să poată crește. Așa că trebuie să se hrănească corespunzător. Fericită, fuge la biserică pentru a-i mulțumi Domnului într-un spațiu mai adecvat. Pe trepte, atinge piciorul unui șchiop redându-i mersul normal. Cum Spania era la vremea aceea plină de sfinți simulanți și de șarlatani care pretindeau că vorbeau personal cu Dumnezeu, arhiepiscopul însuși vrea să o cerceteze și să o supună la diverse teste, pentru a se asigura că declarațiile ei sunt autentice. În timpul interogatoriilor, micuța cade într-o nouă stare extatică. Și atât arhiepiscopul, cât și ceilalți prelați văd pe fața ei imaginea clară a altarului celest, cu Sfânta Treime înconjurată de toți sfinții în fața sa. Iar ca să verifice și povestea cu șchiopul, este adus în fața copilei un mut din naștere, care după atingerea Magdalenei își recapătă sau, mai bine zis, primește pentru prima dată darul vorbirii.

Minunea e anunțată în tot ținutul și, înainte ca poporul să înceapă să o venereze, revărsându-se în valuri la casa ei, micuța Magdalena se răstignește singură. Își bate în cuie picioarele și mâna stângă în stâlpii de susținere ai casei părintești.

E salvată în ultima clipă și, de pe patul de moarte, în proximitatea căruia o mulțime de credincioși îi așteaptă sfârșitul, se aude un țipăt prelungit, iar Magdalena se ridică întreagă și nevătămată și spune că a fost vindecată complet. Dovezile ei de devoțiune continuă cu un post nesfârșit, întrerupt doar de o nouă intervenție divină care îi bagă cu forța în gură ostia, pâinea euharistiei, ca să o salveze din nou de la inaniție.

La vârsta de șaisprezece ani, obține aprobarea de a se călugări. Sărbătorește asta cu o serie nesfârșită de mortificări pe care le aplică cu severitate propriului corp. Cară permanent în spate, prin curtea mănăstirii, o cruce foarte grea și îndeplinește cele mai grele sarcini. Sărută picioarele celorlalte maici și, bineînțeles, postește.

Ceremonia primirii ei în ordinul surorilor franciscane de la Santa Isabel de los Ángeles are loc patru ani mai târziu, în 1509. Magdalena are acum 22 de ani și va fi cunoscută sub numele ei religios, cel de sora Magdalena a Crucii. Când îngenunchează în fața cardinalului, care a ținut să oficieze personal slujba, acestuia îi tremură mâinile de emoție. În momentul în care se ajunge la intonarea imnului *Kyrie eleison*, se aud de sus niște zgomote ciudate. Cerul se deschide, iar zgomotele se dovedesc a fi bătăi de aripi. Un porumbel alb coboară din înaltul cerurilor și i se așază pe umăr. Stă cu ciocul în urechea ei, așa că pare că îi vorbește, că îi trimite un mesaj. La finalul ceremoniei, porumbelul se ridică din nou până când cerul se închide în urma lui.

Minunile încep să se întețească. Magdalena e acum și clarvăzătoare. Știe tot ce se întâmplă în Córdoba și nu numai. Îi cunoaște pe toți locuitorii și vede, fără să fi ieșit din mănăstire, ce face fiecare. Ba chiar face profeții. Prevede moartea regelui Ferdinand de Aragón cu un an înainte ca aceasta să survină, dar și regența cardinalului Francisco Jiménez de Cisneros. Admiratori din întreaga Spanie vin să o caute, să ceară ceva de la ea, să își afle viitorul, să o roage să pună o vorbă bună la următoarea conversație cu Iisus. E iubită și detestată în același timp. Cei care o urăsc sunt, de fapt, geloși pe ea. Sau se tem să nu le divulge secretele. O bârfesc în toate felurile. O acuză că e vrăjitoare. Drept argumente sunt cele două degete de la mâna stângă rămase nedezvoltate de la vârsta de zece ani. Dar există o explicație și pentru asta. În momentul în care Iisus i-a apărut în peșteră și a transportat-o acasă, i-a atins cele două degete. Până la urmă, admiratorii sunt mai mulți. Însuși cardinalul Jiménez îi trimite un cadou ca semn de recunoștință pentru profeția împlinită – un ostensoriu purpuriu.

La 25 martie 1518, de ziua Bunei Vestiri, Magdalena povestește cum în noaptea precedentă a vizitat-o Duhul Sfânt și a lăsat-o gravidă. Și că fix peste nouă luni, adică de Crăciun, urmează să îl nască încă o dată pe pruncul Iisus. Și că aceasta e a doua venire despre care se vorbește în scripturi. Pe măsură ce îi crește burta și semnele gravidității sale sunt tot mai evidente, cele două tabere se radicalizează. Ca să le liniștească, arhiepiscopul Sevillei trimite trei moașe, specializate în înșelătorii, care îi verifică și îi confirmă atât graviditatea, cât și virginitatea. Spania cedează și îngenunchează, așteptând cea de-a doua venire. În tot acest timp, Magdalena exagerează cu mortificările, se autoflagelează, poartă ciliciu, înlocuiește sforile biciului cu obiecte ascuțite și cuie, calcă pe cioburi de sticlă, refuză să mănânce.

Cu trei zile înainte de Crăciun cere să se retragă singură într-o căsuță, spunând că așa i-a cerut Iisus, să nu fie martori la noua lui naștere. Casa e perfect înconjurată de credincioși și deopotrivă de sceptici. Nu poate ieși sau intra nimeni. Pe 26, Magdalena iese din casă. Povestește cum a născut un copil minunat, care radiază atâta lumină că transformă noaptea în zi și transmite atâta căldură că transformă iarna în vară. Povestește cum părul ei, negru și drept, s-a făcut deodată blond auriu și buclat. Scoate din sân câteva bucle blonde pe care surorile le pun la păstrare. La întrebarea unde e pruncul, adaugă că acesta s-a ridicat la ceruri, iar în acel moment au dispărut și lumina, și căldura, iar părul i s-a înnegrit la loc. Între cei care ascultă sunt și sceptici, așa că arhiepiscopul e nevoit să trimită din nou moaștele anchetatoare. Acestea confirmă totul. Urmele de naștere de pe corpul ei, ragadele de pe sâni în urma alăptării, toate stigmatele. Povestea e adevărată.

Faima ei explodează. Niciodată în istorie o călugăriță nu a fost atât de celebră și de venerată. Teresa de Ávila pare o dulce glumă. Pelerini fără număr se revarsă spre Córdoba. Bogații și potentații vremii donează sume exorbitante. În scurt timp, se adună întreaga sumă necesară ridicării unei catedrale. Gurile rele, geloase, continuă să susțină că totul e o farsă și că nu există nici o dovadă nici despre presupusa naștere, nici despre vreo ridicare la cer. Un exorcist e adus la mănăstire pentru a o cerceta. Fără să fie rostit explicit, în mintea unora se înfiripează gândul că Magdalena e, de fapt, o vrăjitoare. Exorcistul intervine într-un moment de extaz. Înfige două ace foarte lungi, unul într-o mână, celălalt într-un picior. Nici o reacție. Ceea ce demonstrează că transa e autentică. Dar nu e suficient. E acuzată că postul ei negru e fals și că cineva îi aduce mâncare pe ascuns. Pentru verificare, doi paznici sunt postați în fața chiliei sale. Îi bat fereastra în cuie. Îngrijorați, într-o noapte, că nu se mai aude nici un zgomot din chilie și că sora nu iese la rugăciunea obișnuită, intră în cameră. Care e goală. O găsesc în partea din spate a grădinii, lângă fântână. Spune că Sfântul Francisc însuși, văzând că se stingea de sete, a luat-o în brațe și a cărat-o până la fântână.

La puțin timp este aleasă stareță a mănăstirii. Dedicarea ei este nelimitată. Viața din mănăstire se schimbă. Penitența la care le supune pe celelalte maici e de o cruzime fără margini. Biciuiri cu cuie, ciliciu, posturi negre, obligația de a recunoaște păcate îngrozitoare, pe care nu le-au comis. Maicile sunt puse să facă semnul crucii cu limba pe podea și în curte, măturând astfel întreaga mănăstire. Sunt obligate să îngenuncheze pe cuie ruginite și să poarte coroane de spini. Când nu se găsesc spini, se înlocuiesc cu cuie. Schimbă, cu aprobarea suspectă a episcopului de Sevilla, și regulile interioare. Interzice postul de vineri pentru că surorile au nevoie de putere ca să poată pătimi mai mult, anulează secretul confesionalului și cere ca spovedaniile să se facă în chilia ei, fără grilajul care îl anonimizează pe păcătos. Dar cel mai dur o tratează pe fosta maică stareță, sora Isabella a Sfintei Treimi, ca și când ar vrea să se răzbune pe ea pentru ceva, nu e clar pentru ce.

Celebritatea ei e acum totală. Toți nobilii Spaniei îi trimit cadouri, lucruri pe care să le binecuvânteze. Regina Isabella îi trimite portretul. Carol Quintul o vizitează personal în drumul spre Tunis ca să-i binecuvânteze stindardul, dar și bonetica viitorului rege Filip al II-lea, care tocmai urmează să se nască. Arhiepiscopul de Sevilla îi scrie des, numind-o „cea mai fericită creatură a lui Dumnezeu", iar Papa îi cere să binecuvânteze statul papal.

Dar abuzurile îngrozitoare și comportamentul ei de o cruzime fără precedent încep să crească. Și așa, rămâne ciudat cum, în ciuda comportamentului ei, realeasă stareță de încă două ori de aceleași maici care trebuie să suporte penitențele îngrozitoare la care sunt supuse. Cel mai vehement critic al ei e Ignacio López de Loyola, fondatorul ordinului iezuiților. Mai sunt și alții care cred că ceva e suspect – doctori ai Bisericii, clerici înalți. La alegerile din 1543 este învinsă de fosta stareță Isabella. Se închide în chilia ei și nu mai vrea să iasă. Nu mănâncă nimic. Până când cineva aduce o cutie plină cu ostii pe care ar fi găsit-o sub patul ei și cu care s-ar fi înfruptat pe ascuns. Șarlatania e dovedită.

E bolnavă și cere să fie spovedită. Dar în momentul în care vorbește, încep convulsiile. E chemat degrabă un doctor care observă că în timpul extazului ochii se mișcă, semn că extazul nu e autentic. O împunge cu un ac, însă nu obține nici o reacție. Dar când acul scos din piciorul ei e spălat în apă sfințită, Magdalena începe să geamă. Se ridică în brațe pe pat și rostește niște vorbe ciudate: «1544... Cei patruzeci de ani care mi s-au prezis. Sunt o cățea blestemată. Trebuie să ajung degrabă în iad!»

Aflând despre cazul Magdalenei, cardinalul Tabera sesizează imediat pericolul pentru Biserică și trimite degrabă pentru a o interoga un inchizitor tânăr, pe a cărui discreție știe că se poate baza. Este adus în mare grabă și un nou exorcist, Don Juan de Córdoba, un preot bătrân.

Este cât se poate de clar că Magdalena e posedată. Ea recunoaște că tânărul care i-a apărut în biserică la vârsta de cinci ani, cel frumos, îmbrăcat strălucitor, e, de fapt, un diavol care a coborât în biserică sub formă de fum și s-a materializat în fața ochilor ei. Un alt diavol i-ar fi atins cele două degete în peșteră pentru a le opri creșterea, ca dovadă a pactului pe care l-a făcut cu Satana. Primul diavol, cel obișnuit să se întrupeze din ceața rozacee și frumos mirositoare, se numește Balban. Și nu e deloc tânăr, zvelt și frumos. Din contră, e o creatură sinistră, cu un nas mare și lățit pe toată fața, coarne răsucite și fără dinți în gură. Acesta o ceruse de soție, iar ea, subjugată de puterile lui, acceptase. Cu el ar fi făcut și copilul. Și nu, nu-l născuse pe pruncul Iisus, ci o omidă uriașă, respingătoare, care se târâse dintre picioarele ei și se retransformase în același Balban, care, excitat la vederea poziției în care stătea proaspăta mamă, se urcase pe ea și începuse să o posedeze, nebun de excitare. Dar atunci apăruse un al doilea drac, încă și mai sinistru decât primul, și începuse și acesta să își facă de cap cu ea. Pe ăsta l-ar fi chemat Patorrio. Iar amândoi ar fi continuat să-i fie amanți până în noaptea când s-au împlinit patruzeci de ani de la încheierea pactului cu diavolul.

Este arestată și trimisă la închisoarea Alcázar, unde urmează să fie judecată de către Marele Inchizitor al Spaniei în persoană. Acesta e cardinalul Jiménez, cel căruia i-a prezis chiar ea ascensiunea. Toată lumea e convinsă că, în urma procesului, va fi arsă pe rug. Are 61 de ani. Recunoaște toate acuzațiile, ba chiar adaugă de la ea altele noi. Cere să fie dată focului purificator cât mai repede cu putință. Tribunalul e însă de altă părere. Femeia e deja bătrână. Pactul cu diavolul s-a încheiat. Regretele și penitența ei sunt sincere. E condamnată la autodafé, la spectacolul devenit un fel de ritual de relații publice al Bisericii. E dusă la un eșafod așezat în fața mănăstirii. Trebuie să rămână acolo, cu ștreangul pus în jurul gâtului, cu o lumânare în mână și cu un căluș în gură, pe întreaga durată a Sfintei Liturghii, ca să vadă lumea cum sfârșește o păcătoasă. Spectacolul se încheie cu ea mărturisindu-și toate păcatele și exprimându-și regretul, asumându-și în continuare o viață de penitență și ispășire. Toate astea la o altă mănăstire franciscană, unde va muri în 1560, de moarte bună.

Vinovați au fost găsiți demonii Balban și Patorrio.

Gurile rele au insinuat că o condamnare a stră-stră...bunicii mele ar fi fost o palmă peste ochi la adresa Bisericii înseși, care ar fi fost acuzată de orbire în interiorul ei. Diavolul nu îi putea induce în eroare pe arhiepiscopul Sevillei, pe Papa de la Roma sau pe regele Spaniei. Așa că s-a ajuns la un compromis convenabil. Diavolii au fost găsiți vinovați.

Cam asta e povestea oficială a sfintei devenite peste noapte amantă a doi diavoli siniștri. Și cam așa este înregistrată în istorie una dintre cele mai mari farse care au existat.

Problema e că această femeie era rudă cu mine. Că sunt urmașul ei pe linie directă.

Am încercat de-a lungul timpului să găsesc cât mai multe referiri la ea, inclusiv la felul în care l-a născut pe stră-stră-stră...bunicul meu. Și cum a reușit acesta să fie salvat din casa aceea din care nu era chip să ieși.

N-am găsit mare lucru.

Iată singurele referințe serioase pe care le-am descoperit cu referire la acest caz:

Maiole d'Ast, *Les jours caniculaires*, Paris, 1610

Del Rio, *Les Controverses et recherches magiques*, Paris, 1611

Boguet, *Discours des sorciers*, Lyon, 1610

Crespet, *Deux livres de la hayne de Sathan*, Paris, 1590

Guaccius, *Compendium maleficarum*, Milano, 1608

Wier, *Histoire, disputes et discours des illusions et impostures des diables*, Geneva, 1579

Vair, *Trois livres des charmes, sorcelages ou enchantements*, Paris, 1583

Bodin, *De la démonomanie des sorciers*, Paris, 1582

Le Loyer, *Discours et histoires des spectres, visions et apparitions des esprits*, Paris, 1605

Gonzagua, *De origine Seraphical Religionis Franciscanal*, Roma, 1587

Francisco de Enzinas, *Mémoires*, Bruxelles, 1863

Llorente, *Histoire critique de l'Inquisition d'Espagne*, Prad Peltier, Paris, 1810

Görres, *La Mystique divine naturelle et diabolique*, Prad Charles Sainte-Foy, Paris, 1854

Ribet, *La Mystique divine distinguée des contrefaçons diaboliques*, Paris, 1895

Bizouard, *Des rapports de l'homme avec le démon*, Paris, 1863

Cel mai complet studiu și singurul dedicat integral Magdalenei este cel al lui Maurice Garçon, maestru al Academiei Franceze, apărut sub titlul *Magdeleine de la Croix, abbesse diabolique*, la Sorolot, în 1939.

Dar nici unul dintre studiile acestea nu a adus nici un fel de lămurire suplimentară. Toate reiau, mai mult sau mai puțin, cu mici variațiuni, povestea pe care am prezentat-o mai sus. Ba mai mult, pare că se inspiră unele din celelalte. Am avut noroc cu maître Garçon, care notează la bibliografie două manuscrise – unul aflat atunci la British Museum, acum la British Library, sub numărul 357 al colecției Egerton, in-4, 48 feuillets, sub numele de *Suceso de Magdalena de la Cruz, monja profesa del monasterio de Sancta Isabel*, și la Bibliothèque Nationale, la Paris, în *Manuscrits espagnols*, no. 354, catalog Morel Fatio, no. 630, in-folio: folios 248–269, *Processo de Magdalena de la Cruz*.

Neștiind ce sunt exact, dar având o strașnică bănuială, am pornit imediat spre Europa. Întâi la Londra și apoi la Paris. Presupunerea mea a fost exactă. Cele două biblioteci dețineau câte o copie a procesului Inchiziției împotriva stră-stră-stră...bunicii mele. Erau identice. M-am gândit atunci cât de minunată era lumea scolasticii medievale, cu obsesia ei pentru ordine, și m-am entuziasmat. Pe măsură ce citeam documentul, locul entuziasmului era luat de o dezamăgire. Într-adevăr, era redactat întocmai procesul Inchiziției spaniole împotriva Magdalenei de la Cruz. Dar, deși era spectaculos să citești povestea unui strămoș de-al tău, consemnat de cineva care-l cunoscuse personal, cu aproape o jumătate de mileniu în urmă, transcrierile procesului nu conțineau nimic altceva în afară de ce am citit. Trebuia să mă aștept. În entuziasmul meu, am ignorat că, de vreme ce apărea în cartea lui Garçon, evident că acesta citise transcrierile și pusese în cartea lui tot ce găsise acolo.

Așadar, după un efort considerabil, nu reușisem încă să găsesc nimic suplimentar. Dar simțeam că ceva nu era întru totul în regulă la povestea asta. Întâi că, așa cum reiese clar și din bibliografia de mai sus, cel puțin în cea foarte apropiată de epoca procesului, nu e deloc clar de ce Magdalena nu a fost judecată drept vrăjitoare, cum era obligatoriu în epocă, în cazuri din astea, de posedare demoniacă. Mai ales la importanța pe care o avea personajul. Și mai ales cu nebunia care începuse să cuprindă Europa."

Din păcate, urmează una–două pagini în care domnul Orellana își continuă povestea și pe care, cum spuneam mai devreme, din lipsă de îndemânare, le-am pierdut la transfer. Nu îmi amintesc exact totul, dar voi încerca să le rezum, foarte pe scurt. El povestește cum, în vizita la British Library, în sala dedicată consultării documentelor din colecția Egerton, a simțit constant privirea insistentă a unui alt om, care se afla acolo, înaintea lui. A sesizat și inabilitatea acelui om de a-și ascunde privirile, de vreme ce l-a surprins de fiecare dată când a ridicat brusc ochii din documentele pe care le studia. Acesta nu apuca de fiecare dată să întoarcă capul. A avut senzația, când a plecat, că era supravegheat de același individ. Mai târziu, la Paris, când consulta aceleași documente, l-a văzut din nou. De această dată, la oarecare distanță. Nu s-a panicat. Omul care îl urmărea era un bătrânel trecut de șaptezeci de ani, slab și înalt, cu figură de șoarece de bibliotecă. La ieșirea din Biblioteca Națională, a luat-o înadins pe străzi lăturalnice și întunecate, înspre casa unui amic de-al său, unde stătea pentru câteva zile. La un moment dat, a grăbit pasul chiar la colțul unei străzi, la o casă în care se intra printr-un gang. Numai că, în loc să își continue drumul, a intrat în gangul respectiv. Când a cotit-o și el pe acea stradă, urmăritorul s-a oprit, panicat că nu îl mai vedea. A ieșit din gang, i-a sărit în spate, i-a pus o mână în gât și l-a tras sub poartă. Câteva minute mai târziu, stăteau de vorbă într-o cafenea aproape pustie, la celălalt capăt al străzii. S-a dovedit că bătrânul era o combinație de cercetător istoric și vechi demonolog, care studia natura răului în integralitatea sa. Studiile sale de-o viață cuprindeau eforturi uriașe de a identifica și cataloga cât mai multe dintre situațiile în care o ființă umană a fost posedată într-adevăr de diavol. Cel mai mult îl preocupa cât era adevăr și cât șarlatanie, sau ignoranță, sau rea-voință, atât din partea acuzaților, cât și din cea a acuzatorilor, când era vorba de procesele Inchiziției. Cei peste cincizeci de ani de cercetare neobosită îi aduseseră câteva beneficii. Notorietatea sa în medii destul de ciudate, legate de exorcism, vrăjitorie, relații cu demonii îi adusese în fața ochilor fel de fel de documente și dovezi îngropate în locuri inaccesibile unui cercetător istoric obișnuit. Într-una dintre lungile sale peregrinări, dăduse din întâmplare peste niște transcrieri are proceselor inchizitoriale din Spania secolului al XVI-lea, care nu erau consemnate niciunde. Unul dintre ele îl avea chiar în servieta de care nu se despărțea niciodată. Orellana nu l-a întrebat pe bătrân cum de ajunsese la el sau cum de știa cine era, dar a avut un șoc atunci când a înțeles ce-i întindea bătrânul peste masa cafenelei. O variantă a interogatoriului Magdalenei de la Cruz care nu exista niciunde. Bătrânul i-a explicat că existau multe dubluri de acel fel și că Inchiziția pieptăna documentele. De multe ori, din rațiuni de claritate, mărturiile de la procese, notate de scribi, erau redactate ulterior, înainte de a fi arhivate. Alteori, textele erau rescrise pentru a se potrivi întocmai scopurilor proceselor respective. Documentul pe care cunoștința noastră îl avea în mână conținea transcrierea unei alte părți a procesului stră-stră...bunicii sale (am folosit aici exact grafia lui). E vorba, așa cum se vedea din text, dar și după cum se înțelegea din întrebări, despre o ședință suplimentară.

Documentul era alcătuit din mai multe părți, așa cum se obișnuia. O trecere în revistă a capetelor de acuzare, o declarație dată de bunăvoie de către martor, care își făcea autobiografia și își recunoștea sau nu crimele, lista de întrebări puse de inchizitor și, separat, lista de răspunsuri pe care le dădea acuzatul. Ultimul capitol conținea, bineînțeles, verdictul, cu motivațiile sale. Dintr-un motiv necunoscut mie, Orellana nu atașase la dosar nici capetele de acuzare, nici declarația autobiografică a martorului (deși vorbea despre ea), ci doar seturile de întrebări și răspunsuri și verdictul. Așa cum se știe, întrebările inchizitorilor și răspunsurile martorilor erau transcrise, la vremea aceea, în fascicule separate și erau notate de către scribi diferiți. Din păcate, în acea zi fatidică, în care am fotografiat documentul, vă veți aminti, am întrerupt operațiunea, ca să nu pierd micul dejun. Când m-am întors, dosarul albastru dispăruse. Am reușit așadar să ajung doar până la o parte din întrebările acuzatorului. Răspunsurile și verdictul le-am pierdut. Și mi-e foarte greu să le reconstitui după atât timp și după ce le-am citit o singură dată, în noaptea aceea, în barul hotelului din Burgos. Dar seria întrebărilor permite unori să intuim care a fost răspunsul la ele.

E adevărat că bătrânul i-a mai spus ceva lui Orellana, de data asta cutremurător în cel mai înalt grad. Ceva teribil! Chiar dacă și această întâmplare apărea în istorisirea sa tot acolo, o voi povesti mai târziu, ca să nu vă încurc și ca să păstrez ordinea logică a faptelor. E de adăugat că, la finalul dosarului, exista un al treilea document, care e și cel mai interesant dintre toate, cheia întregii povești, dar pe care, vai, nu am reușit să îl fotografiez. Voi reveni la el la final. Îi dau acum, din nou, cuvântul lui Gonzago:

„CELE TREI MAGDALENE. A DOUA MAGDALENĂ

Interogatoriul acuzatului, martie 1546.

Ședință suplimentară

În prezența inchizitorilor apostolici ai orașelor și diocezelor de Córdoba și Jaén, ai municipalității din Cozorla. Al orașului Leija și al satului Estapa.

Și a doctorului apostolic Oliva din Foi, judecător
Și a procurorului extraordinar Matienco (el fiscal)
Prima întrebare: Acuzata să spună numele și prenumele și unde locuiește.

A doua întrebare: Dacă își menține toate declarațiile ulterioare și, cu bună inimă, nu vrea să schimbe nimic.

A treia întrebare: Dacă posesia demonică, care a durat patruzeci de ani, s-a încheiat.

A patra întrebare: Dacă diavolii cu care a copulat se numesc, într-adevăr, Patorrio și Balban.

Încă: Dacă e sigură că erau diavoli, și nu sucubi și incubi.

Încă: Dacă știe diferența dintre sucubi și incubi și diavolii obișnuiți.

Încă: Dacă știe că la incubi, care sunt varianta masculină, și la sucubi, care sunt varianta feminină, nu funcționează nici crucea, nici apa sfințită și nici un fel de exorcism.

Încă: Dacă a avut relații și cu o femeie, care atunci e sucub.

Încă: Dacă e sigură că nu a avut de-a face cu sucubi și incubi, pentru că aceștia nu încetează posesia.

Încă: Dacă a făcut un pact clar cu numiții Balban și Patorrio, și aceștia sunt diavoli obișnuiți, care nu dorm pe credincioși.

Încă: Dacă a avut și vise cu ei sau a copulat doar în realitate.

Încă: Dacă diavolii numiți mai sus au un singur nume.

Încă: Dacă știe de relația lor și cu alte persoane.

Încă: De unde poate să știe că diavolii îi erau fideli?

Încă: Dacă diavolii, care, de regulă, nu au corporalitate, au luat corporalitate de bărbați atrăgători sau dacă s-au arătat în urâțenia corporală neîmplinită, pe care Domnul le-a permis să o ia.

Încă: Dacă organele lor sexuale erau supradimensionate, ca la incubi.

Încă: A născut, într-adevăr?

Încă: Dacă a născut, într-adevăr, cum de e sigură că a născut o ființă umană, și nu un diavol, dacă e făcut cu diavolul, sau un cambion, dacă e făcut cu un incub.

Încă: Ce s-a întâmplat cu copilul?

Încă: Cine e omul care a ținut ascuns copilul în locul făcut special sub podeaua casei și unde l-a dus?

Încă: Mai știe ceva de copil?

Încă: Așadar a păstrat legătura cu salvatorul?

Încă: Își menține declarația că salvatorul e mort?

Încă: Sigur nu a întreținut relații sexuale cu un om?

Încă: Dacă e sigură că pactul este închis și dacă regretele ei și penitența sunt sincere.

Încă: Cum a simțit sperma? Venind în timpul actului sau adusă într-un recipient de diavol, caz în care e incub?

Încă: Dacă știe unde anume este copilul în Lumea Nouă și dacă e în legătură cu el.

Încă: Dacă știe că minciuna în fața acestui tribunal al Sfintei Inchiziții este o faptă mai gravă decât păcatele pe care le-a săvârșit.

Încă: Dacă e conștientă că sufletul poate fi salvat fie prin sinceritate, abjurare, recunoaștere totală, penitență sau, în situații extreme, prin ardere pe rug.

Încă: Dacă știe că, altfel, va arde în iad pentru veșnicie.

Încă: Dacă știe la ce chinuri va fi supusă în iad. Dacă știe că i se va spinteca burta. Dacă știe că va fi folosită drept torță pentru iluminare, dacă știe că va fi friptă la proțap și că un drug de fier îi va fi înfipt în partea dorsală și îi va fi scos prin gură și că așa va fi pusă la proțap. Dacă știe că i se vor înfige ace sub unghii și va fi fiartă în cazane cu smoală, dacă știe că va fi jupuită cu piepteni cu dinți de fier, dacă știe că i se vor tăia limba și sânii îi vor fi puși să fiarbă la foc mic, într-un cazan cu ulei încins. Dacă știe că broaște râioase îi vor invada sexul.

Încă: Dacă știe că va purta o coroană înroșită pe cap și îi vor fi zgâriați nervii care înțeleg durerea. Dacă știe că îi vor fi sfărâmate măselele cu pietre, și oasele – cu bare de fier. Dacă știe că i se va turna pe gât plumb topit. Dacă știe că i se va spinteca burta și în ea vor fi puse orz și orez, iar caii vor veni să mănânce din burta ei. Dacă știe că va fi înconjurată de foc, va respira foc, plămânii îi vor fi ca niște foale încinse, iar dinții, ca niște cuie de oțel înroșit. Dacă știe că reptile sinistre și lighioane scârboase o vor linge cu limbile lor despicate, că va fi mușcată cu limbi veninoase și că va fi sufocată de putoarea îngrozitoare pe care nici un om nu o poate suporta mai mult de câteva clipe. Dacă știe că toate acestea sunt veșnice. Și durerile insuportabile, și foamea, și setea. Dacă știe că suferința va dura mai multe secole decât sunt picături de apă în mare, și fire de nisip pe pământ, și frunze în copaci, și fire de praf în aer.

Încă: Dacă știe că suferințele astea sunt puține și ușoare față de ce va suferi cu adevărat. Și că cea mai mare suferință a ei va fi că nu-l va putea vedea niciodată pe Dumnezeu.

Încă: Dacă demonii au făcut-o să le terorizeze pe călugărițe.

Încă: Dacă tot ei sunt răspunzători pentru cele două degete subdezvoltate ale ei.

Încă: Dacă mai știa cineva de pactul pe care l-a făcut. Dacă e cineva care să îi poată susține spusele. Dacă are martori.

Încă: Dacă a postit cu adevărat atât de dur, atâta vreme.

Încă: Dacă postul era unul real, susținut de o rezistență drăcească. Sau dacă cei doi diavoli îi aduceau de mâncare pe ascuns.

Încă: Dacă alți complici, umani, îi aduceau de mâncare pe ascuns.

Încă: Dacă, în afară de ostii, mai mânca ceva pe ascuns.

Încă: Dacă diavolii tremurau când vedeau crucea.

Încă: După ce Patorrio și-a ars mâna cu apă sfințită, la cât timp s-a vindecat?

Încă: Dacă a făcut vreodată încercări de a seduce pe cineva.

Încă: Dacă demonii au îndemnat-o la fapte de vrăjitorie.

Încă: Dacă ar fi fost și vrăjitoare, nu doar posedată, le-ar fi suportat pe toate cele mai ușor.

Încă: Dacă ar fi fost vrăjitoare, nu doar posedată, i-ar fi putut împinge și pe alții la pierderea sufletului.

Încă: I-a împins și pe alții?

Încă: E conștientă că lipsa mărturiilor în acest sens nu este o dovadă clară, pentru că oricând pot apărea mărturii împotriva ei?

Încă: Porumbelul care i s-a așezat pe umăr, în văzul tuturor, era chiar un porumbel sau o cioară care le-a luat mințile, pentru moment, tuturor celor de față?

Încă: S-ar putea vreodată întoarce din nou cu fața la diavol, ca un câine care își mănâncă propria vomă?

Încă: Îi e dor de amanții ei, Balban și Patorrio?

Încă: Dacă îi respinge cu mintea, corpul ei material îi mai dorește?

Încă: Răutatea femeilor e trecută în Ecleziast. Căci se spune acolo: nu există cap mai înfiorător decât al șarpelui și mânie mai îngrozitoare decât a femeii. Mai degrabă aș sta între un leu și un dragon decât să trăiesc sub același acoperiș cu o femeie rea. A urât atât de tare pe cineva, încât să vrea să se răzbune pe el?

Încă: Poate pe maica stareță Isabella?

Încă: Poate pe celelalte maici? Sau pe tinerele cărora le-a refuzat intrarea în mănăstire, inventând despre ele că au origini evreiești?

Încă: Dacă regretă că a indus în eroare, în afară de oameni obișnuiți, persoane importante, cardinali și regi, arhiepiscopi și nobili? Până și pe însuși Sfântul Părinte..."

Din păcate, aici se încheie partea pe care am reușit să o copiez. Mai urmau câteva întrebări, cam tot pe-atâtea și în același fel. După care veneau răspunsurile. Unele, cum spuneam, pot fi deduse din întrebările consecutive, așa cum sunt ele așezate una după alta. Singurul lucru care contează este însă că există o confirmare că Magdalena a născut și că Gonzago Orellana știa acum sigur că povestea pe care a auzit-o, transmisă din generație în generație, e reală și că Magdalena a Crucii a fost, într-adevăr, stră-stră...bunica lui.

Dacă lucrurile s-ar fi terminat aici, povestea asta, deși neobișnuită, n-ar fi fost decât un exemplu de cât de extraordinar și de surprinzător poate fi trecutul nostru. Sigur, se poate discuta mult despre această personalitate fascinantă care a fost Magdalena, dar și despre cum arăta lumea prin secolul al XVI-lea, la numai cinci sute de ani depărtare de noi. Cum ar zice Gonzago, la doar optsprezece generații distanță. Aș spune că nu foarte măgulitor.

Numai că povestea nu se oprește aici. La masa la care i-a înmânat dosarul cu procesul, bătrânul i-a spus că era în posesia unui alt document, pe care însă, de teamă, îl ținea în seiful celei mai sigure bănci spaniole, la Madrid. Și că acela era, de fapt, cel mai cutremurător. Că era scris într-o limbă necunoscută și că-i trebuiseră cincizeci de ani să-l descifreze. Că era o mărturie a celor doi diavoli, Balban și Patorrio, despre aceleași fapte relatate în documentul inchizitorial. Din perspectiva lor, de această dată. Că limba necunoscută se dovedise a fi limba enochiană, pe care diavolul John Dee ar fi primit-o direct de la Mefistofel, și nu ar fi inventat-o el, așa cum susținea. Aici Orellana a protestat și a spus că John Dee a fost un mare învățat și că limba aceea, care e un mit, ar trebui să fie o limbă divină, mai exact o limbă angelică. Fără să bage în seamă protestele comeseanului său, bătrânul a continuat prin a spune că, după concluziile sale, enochiana era, de fapt, una dintre limbile în care vorbesc diavolii și că aflase asta pe propria piele, pentru că, de când reușise să descifreze câteva cuvinte din document, era urmărit în permanență de doi draci. Orellana e un om rațional, din câte mi-am putut da seama. A luat de bune documentele procesului, dar a considerat că bătrânul era cam scrântit. Până la urmă, a zis să-i facă un hatâr și să îl urmeze la Madrid, unde acesta s-a ținut de cuvânt și i-a dat documentul. După care a dispărut dintr-odată. S-a evaporat ca și cum nici n-ar fi existat.

Această scrisoare ciudată părea, într-adevăr, din secolul al XVI-lea – Orellana văzuse atâtea documente, încât își putea da seama imediat, cu o probabilitate foarte mare, dacă ce avea în față ar fi fost un fals. Doar dacă n-ar fi fost un fals foarte bine ticluit, care necesita un studiu chimic al hârtiei și pigmenților folosiți, ceea ce oricum era foarte rar. Limba din ea era, într-adevăr, o limbă care nu semăna cu nimic cunoscut, nici măcar cu vreuna dintre cele peste 5 000 de limbi inventate începând cu secolul al XIII-lea. La început și-a zis că o fi fost acea *lingua ignota* – «limba necunoscută» – creată de călugărița germană Hildegard von Bingen pe la o mie două sute și ceva, dar când le-a comparat în biroul său, a văzut că nu aveau nici o legătură. A citit cu voce tare cuvintele de pe document și sunau, într-adevăr, ca și când cineva ar fi „vorbit în limbi", cum se spune în spațiul anglo-saxon. De fapt, ca un caz clasic de glosolalie.

Până la urmă, și pretenția bătrânului că ar fi descifrat scrisoarea era exagerată. Descifrase câteva cuvinte și dedusese câteva reguli. Dar tradusese, într-adevăr, câteva propoziții, bucăți de frază. Orellana i-a continuat munca și a reușit să traducă ceva mai mult. Dar nu tot. Nici măcar un sfert. Pentru că limba aceea ciudată era în continuă mișcare. O limbă vie, dar nu în sensul figurat al expresiei, ci în cel propriu. Regulile se modificau pe măsură ce treceai de la o propoziție la alta, uneori chiar și în interiorul aceleiași propoziții. Dar din puținul pe care au reușit să îl traducă atât el, cât și bătrânul era clar că era vorba despre un fel de raport de activitate al celor doi diavoli către Lucifer, Satan, Mefistofel, Scaraoțchi sau cine o fi fost șeful lor direct. Din frazele disparate puse la un loc rezulta că atât Balban, cât și Patorrio ar fi fost manipulați de Magdalena, care ar fi fost, după vorbele lor, o escroacă, o șmecheră. Ar fi făcut pactul, dar, când jurase, își ținuse cele două degete încrucișate într-un pocal cu apă sfințită, așa că pactul nu prinsese. Dar degetele nu-i mai crescuseră. Nici nu se culcase vreodată cu vreunul din ei. Avea o rezistență uriașă la durere, de aceea putea să se autoflageleze demonstrativ. Inventase totul, de la povestea cu arătarea de la cinci ani până la toate extazurile, pe care le-ar fi mimat. Îi obligase să-i vindece pe mut și pe șchiop și să îi aducă numai delicatese de mâncare noaptea, în chilie. De asemenea, trebuiau să o care pe brațe noaptea la amantul ei, un tânăr suplu, înalt, cu părul de abanos, exact cum descrisese apariția acelui bărbat strălucitor încă de pe când avea doar cinci ani. Nu se spunea niciunde, dar probabil că el era tatăl copilului. Deși Balban și Patorrio păreau să susțină în raport că – nu era clar de ce – copilul ar fi fost al unuia dintre ei, totuși, sau al amândurora. Când se săturase de viața la mănăstire, după ce pierduse alegerile, schimbase discursul și se prefăcuse posedată, cu un curaj nebun, pentru că risca rugul. Îi șantajase pe cardinali și pe Papa că ar fi avut dovezi că o sprijiniseră și că ei înșiși făcuseră pacturi separate cu dracul. Așa că fusese salvată de la moarte și uitată într-o mănăstire, de unde nu avea să mai iasă. Dar supraviețuise.

Orellana n-a spus niciodată de ce povestea lui se chema *Cele trei Magdalene*. Oricum, această ultimă parte, cu scrisoarea dracilor, se intitula *Cea de-a treia Magdalenă*. Cred că e destul de simplu de dedus. A existat o Magdalenă a diavolului, una a îngerilor și una profund umană, plină de spirit, care a reușit să se plieze pe prejudecățile tuturor astfel încât să ducă o viață la care o fată săracă, din Spania secolului al XVI-lea, nu putea decât să viseze. S-a adaptat cu succes tuturor situațiilor în care viața a adus-o. Astăzi, asta se numește inteligență emoțională. Privită din toate cele trei părți, povestea ei ilustrează spiritul renascentist și anunță modernitatea.

Mărturisesc că îmi pare rău că am pierdut restul textului și că mi-ar fi plăcut să am o scrisoare în enochiană, între toate manuscrisele astea pe care le adun de atâta vreme. Cel puțin, îmi amintesc cu exactitate cuvintele cu care se încheia documentul acela: *Summa cum cocones et melianes cocolones!*

Din primul moment în care le-am citit, mi-am amintit că asta auzisem la muzeul din Burgos, de la cele două voci care veneau de pe coridorul întunecat din fața arhivei unde a început totul.

ANUL DINTRE DOUĂ NOPȚI ALE VALPURGIEI

A căzut acompaniat de un zgomot nemaiauzit prin părțile alea, ca un tunet sinistru sau ca un muget al unui taur celest, deși bărbații satului, care încă erau treji la ora aceea, l-au asemănat mai degrabă cu un pârț viguros tras de Ucigă-l-Toaca. Prin gaura aia – poate că felul în care se rupsese cerul a generat zgomotul asupra căruia nu s-au putut pune de acord – s-a prăbușit exact în satul lor, lângă izvoarele tămăduitoare pe care aveau să le descopere ceva mai târziu, cu fața într-o baltă plină de mormoloci de diferite culori, ca niște papagali, pe care nimeni nu îi văzuse până atunci în iazul pitic care mărginea satul.

S-a ridicat cu mare greutate, ținându-se de șale. A simțit imediat o înțepătură insuportabilă în gamba piciorului stâng. Ușor, ușor, proptit într-un genunchi, s-a târât din baltă în iarbă și a reușit să se așeze. Și-a ridicat un picior peste celălalt și și-a privit vreme îndelungată varicele dureroase, care păreau noduri de cale ferată. A auzit șoapte și a ciulit urechile, ca să înțeleagă în ce limbă se vorbea și să se poată orienta. Pe măsură ce vocile se apropiau, se trăgea mai în spate, ca să nu fie văzut. Dar, cum nu era nici un tufiș prin preajmă și cum nu avea nici cel mai mic chef să le apară în întreaga sa hidoșenie, cu coastele alea ca niște gratii în spatele cărora îi era închis sufletul, perfect paralele, la distanțe egale, ca niște drugi de fier, a pocnit din coadă, s-a făcut întâi fum și, după ce a ezitat o vreme, deasupra bălții, în privința formei pe care să o ia, s-a transformat în ființa care i-a trecut mai întâi prin cap, un pudel negru.

Deși era noapte cu lună, cei doi pescari nu l-au observat. S-a dat mai în spate și, în timp ce urmărea cu atenție cum așezau undițele și înfigeau râmele în cârlige, a ascultat ce vorbeau. Era o limbă marginală, pe care n-o studiase cu foarte mare atenție pentru că era trecută la „opționale", dar, cum era o limbă care semăna vag și cu italiana, și cu franceza, și cu spaniola, ba, chiar mai mult, cu catalana, din cele câteva schimburi de replici pe care le-a auzit, i-a priceput sintaxa și morfologia și felul în care se formau cuvintele, din rădăcinile comune cu limbile pe care le știa. Un pic de influență slavă a simțit, și ceva de origine ilură. Mulțumit, fără să latre, a luat-o la fugă spre sat.

Drumul către ulița principală trecea pe atunci prin cimitir, așa că a luat-o pe acolo. O pasăre neagră, nocturnă, a coborât și s-a jucat cu el o vreme, lăsându-se să cadă ca un corp greu, pentru ca, în momentul în care aproape că i-ar fi atins urechile, să își deschidă larg aripile și să planeze lin de jur împrejurul său. Chestia asta s-a repetat de mai multe ori, până când un scârțâit sinistru a gonit-o. S-a dus înspre locul de unde se auzise zgomotul. Ajuns la marginea gropii, a văzut cum pământul era deranjat și a intuit, mai mult decât a văzut, capacul unui sicriu care se mișca. La scurtă vreme, cu mare greutate, din el a apărut un om, care a făcut un efort considerabil să iasă din groapă. Era palid și avea vată în ambele nări și niște pantofi ciudați, care păreau brățări în jurul labelor picioarelor, pentru că le lipsea talpa. S-a luat după el, mort de curiozitate. Strigoiul nu l-a băgat în seamă. Chiar dacă la început s-a gudurat pe lângă el, iar la un moment dat i-a luat-o înainte, sărind și făcând tot felul de giumbușlucuri. S-a oprit când a văzut că strigoiul îl ignora cu desăvârșire și a mers cuminte în spatele lui. Întregul drum i-a privit cu invidie picioarele netede, fără urmă de vinișoare.

Cum au ieșit din cimitir, au început casele. Întâi unele mai prăpădite, din chirpici. După ce au străbătut, cu o traiectorie destul de complicată, câteva ulițe, strigoiul s-a oprit la o poartă. Casa aceea era ceva mai îngrijită, din cărămidă. Avea și o grădină mică de trandafiri chiar la intrare. Strigoiul a intrat și a tras poarta după el. N-avea chef să o împingă, pentru că se temea ca scârțâitul să nu alarmeze pe cineva. Așa că a rămas acolo, privind peste gardul pitic și printre tufele de trandafiri cum omul intra în casă, îmbrățișa o femeie și cei doi stăteau la taclale. Femeia îi pregătise o cană cu ceva, ceai sau cafea. El a băut, și lichidul s-a scurs prin el, în toate părțile, ca printr-o stropitoare. Femeia a luat o față de masă și l-a șters cu ea, cu un zâmbet trist pe față. Apoi a văzut, prin geamul larg deschis al bucătăriei, cum bărbatul se ridică și o strânge în brațe. Ea îi ajungea până la coșul pieptului. Au stat așa, nemișcați, într-o îmbrățișare care a părut să dureze o eternitate. După care au dispărut din bucătărie. S-au auzit niște zgomote, și au apărut în curte. El s-a apucat să taie lemne, să meșterească ceva și, după ce a terminat, a ajutat-o să curețe de buruieni tufele de trandafiri. Undeva, în depărtare, s-a auzit un cocoș. Omul s-a ridicat brusc și, de parc-ar fi fost teleghidat, fără să îi mai arunce o altă privire femeii, a ieșit pe poartă.

N-a mai avut chef să îl urmărească, fiindcă era convins că se întorcea în groapă, dar a văzut că din alte case ieșeau persoane asemănătoare cu cel pe care îl urmărise. Aproape aliniate, cu un mers monoton, fără să întoarcă măcar o dată capul sau fără gesturi bruște, ca o armată de lunatici, se îndreptau cu toții spre același loc.

Și-a spus că era un sat ciudat cel în care ajunsese și s-a întrebat dacă o fi fost cumva din întâmplare sau așa i-o fi fost pedeapsa.

Totul începuse bine cu o seară înainte (deși noțiunile astea de seară, dimineață, zi n-aveau mare importanță în locul din care venea el). Întreaga secvență i-a revenit în cap, exact cum se petrecuse.

„Cum adică n-ai auzit alarma?“, întrebase responsabilul.

Încercase bătrânul să stea drepți, dar îi reușise doar o legănare vagă de pe un picior pe celălalt. Nu păruse dispus să ridice privirea din pământ, de teamă să nu o întâlnească pe cea a responsabilului.

„E surd de-a binelea“, țipase vice-responsabilul cel scund, ca și când toți ar fi fost surzi.

Șeful se întorsese către bătrân, ca și când n-ar fi înțeles. Privirea lui, arzătoare ca o flacără oxiacetilenică, se mai domolise.

„Și nepotul tău unde e, Mefistofel?“, întrebase șeful.

Bătrânul nu auzise sau se făcuse că nu înțelegea.

„Unde e Mefistofel?“, urlase din nou scundul.

Bătrânul nu auzise nici de data asta, sau se prefăcuse iar că nu auzea, sau întrebarea i se păruse cam tâmpită. Era evident unde era. La petrecere. Doar era singura noapte din an în care nu se lucra în partea aceea a iadului. Unde să își mai găsească băieții partenere, dacă nu la dansul drăcesc ce se încingea la chefurile din Nopțile Valpurgiei? Iar Mefistofel era deja cam bătrâior. Se știe că după ce treci de câteva sute de ani greu îți mai găsești partenere. Sau, dacă ai cumva noroc să dai de vreuna interesată, toate arată ca niște vrăjitoare. Așa că Mefistofel era la chef, iar el adormise. Cum era surd pe cât e de orb un liliac, singurul mod în care ar fi putut supraveghea pupitrul de control era să stea cu ochii înfipți în el. De la o vârstă, ochii obosesc și mai ațipești. Ce mare lucru! se gândise.

Dar era mare lucru. Pentru că drăcușorii mici, abandonați de părinți, care petreceau cu toții de zor, se jucaseră cu niște furci drăcești ascuțite, cam ca tridentul lui Neptun, și găuriseră toate depozitele de smoală. Și nu într-un loc, care ar fi putut fi astupat ușor, ci peste tot pe unde apucaseră. Pe toate. Le făcuseră franjuri. Smoala se scursese toată. Dimineața, condamnații la chinurile iadului în cazane cu smoală, de regulă turnătorii și mincinoșii, primiseră un moment de respiro. Era prima dată de când mutaseră iadul, de câteva mii bune de ani omenești. Și acum autoritatea drăcăriei centrale era foc și pară. Poate că o zi sau două ar fi trecut neobservate. Numai că atât producătorii, care erau taman în partea cealaltă a universului și deserveau mai multe planete – lista de așteptare era uriașă –, cât și transportatorii aveau liber o lună întreagă. Pentru că atât durau sărbătorile valpurgice în rest. Acolo unde nu aveau de-a face cu condamnații. Cineva propusese să încerce să îi mute la alte cazne. Dar și dacă ar fi avut locuri ar fi fost o îngrozitoare încălcare a contractului pe care îl aveau cu Tribunalul Judecății de Apoi.

Chemaseră copiii, să îi pedepsească. Dar drăcușorii se băgau în poalele mamelor, se ascundeau după rochiile lor imense. Și erau atât de frumoși în rochițele și costumașele alea de sărbătoare, și făceau niște mutrițe atât de drăgălașe, rotindu-și degetul arătător printre cornițe, încât ar fi trebuit să fii cu totul lipsit de suflet fie și ca să încerci să îi pedepsești. Dar și dac-ar fi fost cazul, te-ai fi lovit de mamele care scoteau fum pe nări și se transformaseră în adevărate fiare în apărarea odraslelor răsfățate.

Așa încât condamnații fuseseră lăsați de izbeliște, să huzurească prin teritoriul imens, din care dispăruse până și mirosul de pucioasă, până cine știe când. Nimeni, în afară de Consiliul Superior, nu știa ce clauze îngrozitoare erau stipulate în contract. Cineva trebuia să plătească oalele sparte. Bătrânul era surd și ușor senil, și pedepsirea lui n-ar fi folosit nimănui. Nici măcar drept exemplu. Poate doar ca mostră de cruzime gratuită. Așa că îl găsiseră pe el, pe Mefistofel. Îl judecaseră în pripă, ca să aibă o dovadă, ceva la mână, și îl condamnaseră la un an pe Pământ, într-un loc pe care habar n-avea cum și din ce motive îl aleseseră.

Așa ajunsese cu fața în baltă! Și, în graba de a scăpa de el, uitaseră să îi dea până și o misiune!

După ce rememorase întreaga poveste, Mefistofel, întrupat ca pudel negru și creț, s-a gândit ce ar fi trebuit el să facă în locul acela, un an întreg. În mod evident, nu era doar să se plimbe aiurea prin satul ăla. Trebuia să găsească ceva. Știa că lipsa de preocupare l-ar fi făcut să moară de plictiseală. Niciodată, de când se știa, nu stătuse locului nici măcar câteva clipe. Doar n-avea s-o facă taman atunci, și încă pe întreaga durată a exilului aceluia atât de ciudat. Ființă eminamente pozitivă, a știut imediat că urma să inventeze ceva care să-i pună ambiția la încercare. O provocare, asta da, s-a gândit bucuros și, ridicat în două picioare, a început să își frece lăbuțele din față de fericire. Trebuia doar să afle de ce natură ar fi urmat să fie provocarea. Iar pentru asta trebuia să înțeleagă mai bine locul în care se afla.

Așa că a luat-o în jos pe uliță. Soarele era deja sus pe cer când a reușit să dibuiască unde era centrul satului. Pentru că acolo era biserica și, când începi să construiești un sat, pui întotdeauna lăcașul de cult în centru. Era frumos acolo. Biserica era într-un părculeț plin de copaci seculari, cu băncuțe cochete și locuri de joacă. Dar nu era nimic mecanizat, așa cum nu văzuse nici o mașină prin satul acela. Deci, fie oamenii acolo erau foarte săraci, fie tehnologia nu ajunsese până acolo, sau, dacă îl trimiseseră într-un timp greșit, probabil că nici una dintre minunile pe care văzuse că le folosesc oamenii, ca tricicleta electrică, aeroplanele sau jocurile video, nu fusese încă inventată. Asta era, după părerea lui, destul de bine. Pentru că deprinsese un fel de dependență de câteva jocuri dintr-acelea, ca Grand Theft Auto, Shoot Down an Angel sau Hell's Kitchen.

După soare, părea să fie în jur de zece. Iar la acea oră, nu exista nici țipenie de om pe stradă. Asta i s-a părut foarte ciudat. Văzuse o femeie și doi pescari. Nu puteau fi aceia singurii locuitori ai satului. Nici nu-și dusese bine gândul până la capăt, că de după colț, în diagonală, a apărut un individ care se îndrepta spre biserică. Un altul venea de pe o stradă care se întâlnea chiar în fața parcului cu cea de pe care venea cel dintâi. S-a pitit sub o bancă, până când cei doi au trecut pe lângă el. Unul a descuiat biserica și a intrat. Iar celălalt a rămas afară și și-a aprins o țigară. La puțin timp, s-a auzit clopotul, care a bătut fix de zece ori.

– Așadar, e ora zece, i-a spus bărbatului care continua să fumeze în fața bisericii.

Și a rămas încântat de propria-i persoană. Pentru că omul n-a părut deloc deranjat de felul în care vorbea. Ceea ce însemna că stăpânea destul de bine limba locului, oricum s-ar fi chemat aceea. Sigur, omul ar fi fost cu siguranță surprins dac-ar fi auzit vorbele acelea de undeva de jos și ar fi fost obligat să se aplece și să vadă cum un câine îi punea întrebări. Numai că, pentru a nu ajunge într-o situație de felul ăla, înainte de a i se adresa omului, se strecurase de sub bancă, se dusese în spatele bisericii, se făcuse nor și, după ceva efort de a-și aduna toate fumurile, se transformase într-un bărbat de treizeci de ani, frumos, înalt, cam ca un star de cinema, din filmul lui preferat, *Pe aripile vântului*. Pentru haine, se inspirase din cele ale omului care stătea pe bancă și fuma, în combinație cu cele ale pescarilor de dimineață și ale strigoiului.

– Da, i-a răspuns bărbatul, de data asta i-a ieșit!

– Ce vreți să spuneți? a întrebat, ros de curiozitate.

Dacă voia să afle ce era cu satul ăla și să își formuleze clar proiectul, trebuia să îi descoasă pe toți cei pe care avea să îi întâlnească.

– Vreau să spun că clopotarul adoarme atârnat de frânghie și foarte rar îi ies orele. Câteodată se leagănă până vine careva să îl trezească, pentru că înnebunește tot satul. De aia, nu are voie să tragă clopotul decât o dată pe zi, să dea trezirea.

– La zece?

– Da. La zece. Aici ne place să dormim mult. Dar matale cine sunteți? a întrebat săteanul, politicos. Vreun pescar care s-a rătăcit de prin satele vecine?

– Pescar? a întrebat Mefistofel, mirat.

– Da, i-a răspuns săteanul, în timp ce strivea mucul de țigară sub tocul pantofului. Aveți cizme de pescuit.

– Da. Pescar. Din satele vecine, a spus, încântat că avea deja o identitate.

– Atunci ați mers cam mult.

Mefistofel i-a aruncat o privire mirată, iar săteanul i-a răspuns tot el, sec și suspicios:

– Cel mai apropiat sat e la 90 de kilometri.

– Așa e. Îmi place să umblu mult.

Cum interlocutorul a părut satisfăcut de răspuns, a dat din cap și a intrat în biserică, Mefistofel l-a urmat.

Timp de mai multe zile a fost umbra bărbatului, care i-a zis că îl cheamă Valentin. S-a împrietenit foarte tare cu el. Valentin îl plăcea pentru că era modest, simpatic, politicos și săritor, zicea niște bancuri de te tăvăleai pe jos de râs și, pe deasupra, ghicea nu viitorul, ci trecutul unor oameni pe care îi întâlnea pentru prima dată și pe care n-avea de unde să îi cunoască. L-a cazat la el acasă, unde nevastă-sa, Gretchen, și fiică-sa, Margareta, l-au îndrăgit din prima clipă, tot așa cum, în numai câteva zile, o femeie din vecini făcuse o pasiune pentru el. Femeia se numea Marta, iar noul său prieten și nevasta acestuia au început să se gândească să îi logodească pe cei doi.

L-a prezentat tuturor și l-a plimbat peste tot. În mai puțin de două săptămâni, Mefistofel, care se prezentase cu numele lui adevărat, a devenit un fel de oaspete permanent, aproape integrat în structura intimă a satului.

Marile probleme au început în momentul în care s-au gândit că, deși ei l-ar fi găzduit pentru totdeauna, frumos ar fi fost să îl așeze la casa lui. Întregul timp cât se scursese de la venirea lui și pe care și-l petrecuse cu acei oameni agreabili, ceva i se păruse ciudat la satul acela. Iar asta i s-a revelat când a început povestea cu casa. Erau două case părăsite, pentru că proprietarii lor muriseră. Dar erau destul de dărăpănate, pentru că muriseră cam de multișor. Mai erau câteva case libere, dar pe alea le vizitau moroii și n-ar fi fost deloc plăcut să te trezești noaptea cu un străin în casă, care să se așeze pe un scaun în fața patului tău sau chiar să se întindă cu tine în pat, pentru că odată fusese patul lui – chiar dacă nu îți făcea nimic. Dar nimeni nu s-a oferit să îl ajute nici să repare casele, nici să construiască una nouă. Nu c-ar fi avut suflet rău, dar erau proști de dădeau în gropi și leneși cum nu se mai văzuse ori auzise. Munceau cel mult două ore pe săptămână. Toate treburile casnice le făceau pentru ei strigoii care ieșeau din morminte. De aia se trezea toată lumea la zece. Pentru că întreaga noapte îi întrețineau pe moroi, în timp ce aceia le făceau treburile prin casă. În sfârșit a înțeles de ce văzuse în prima noapte atâția morți retrăgându-se în morminte la cântatul cocoșului. Nu toți erau în situația celui pe care-l urmărise el, care se întorcea la soție.

În rest, lumea își petrecea majoritatea timpului în birt, sau la taclale, sau la biserică, unde, într-un mod oarecum suspect, el a avut rețineri să intre. A stat și i-a analizat cu mare atenție. Nu i s-a părut că lenea lor era congenitală, ci doar că le lipseau ideile de-a face ceva și că nu înțelegeau legătura dintre a face și a avea, deci de a trăi mai bine. Și, desigur, nu înțelegeau că, de fapt, se poate trăi mai bine. Dar s-a înșelat. Pentru că, într-una din seri, pe terasa din fața birtului, plină ochi, unde încerca să îi descoasă și chiar să le deschidă ochii, au decis să îi spună marele secret, considerându-l, din acel moment, unul de-al lor:

Cică cu ceva timp în urmă era foarte aproape de satul lor un alt sat, un loc unde lumea avea o singură obsesie, să se îmbogățească. Ceea ce ei nu considerau că e un lucru rău în sine. Doar că bogăția unora pare să fie nenorocirea altora. Și, dacă ar fi fost să se îmbogățească, fie o făceau toți în mod egal și fără să recurgă la extravaganțe, așa cum făcuse bogătanul care-și distrusese într-un mod ireparabil satul vecin, fie rămâneau toți săraci, dar fericiți, așa cum erau. Sigur, ar fi preferat atât bogăția, cât și confortul, dar nu le venise, până atunci, nici un fel de idee cum să facă asta.

În ceea ce privește modul în care satul vecin fusese distrus, totul pornise de la bogăția nesfârșită a unuia care nu era om rău, dar era așa de bogat pentru că descoperise niște găini gigantice, pe care le adusese dintr-o călătorie făcută peste ocean, unde se dusese ca să studieze agricultura și creșterea păsărilor de curte. Se întorsese de acolo cu un ou. Căruia îi zicea primordial. Probabil făcut de o găină tot primordială. Din ou ieșise un cocoș. Dar cocoșul era singur și nu numai că se plictisea, dar nici nu se putea înmulți. Așa că omul îi smulsese un os de la cur și niște pene, le frecase bine unele de altele, suflase cu putere peste ele, așa cum învățase la universitate, probabil, și din ele ieșise o găină. Care găină începuse, încă de a doua zi, să facă ouă dintr-acelea, gigantice, care în câteva zile se transformau în pui uriași, iar aceștia deveneau, la rândul lor, în alte câteva ore, găini mari cât elefanții. În mod normal, le vindea imediat – aranjase cu o companie de transporturi în căruțe să vină să le ia în fiecare dimineață, pentru o treime din preț, și să le vândă mai departe. Într-o zi, însă, nu se știe de ce căruțele nu mai veniseră. Într-o singură săptămână, cât a fost nevoie ca să înlocuiască firma de transport cu o alta similară, găinile crescuseră atât de mult și se înmulțiseră peste măsură, încât nu mai încăpeau în cotețe și începuseră să zboare aiurea prin sat. Erau așa de grase că, pe măsură ce aterizau pe acoperișurile caselor, făceau praf și pulbere toate țiglele. Sătenii făcuseră scandal, dar omul devenise atât de bogat încât, ca să le închidă gura, adusese muncitori de la oraş şi, într-o singură noapte, reparase toate acoperişurile, şi le-a făcut cu ţigle din aur masiv. Dar când și ultimul nor se risipise de pe cer, iar razele lunii loviseră acoperişurile, se făcuse așa o lumină, din cauza reflexiilor aurului, încât cocoșii, total induși în eroare, începuseră să cânte ca demenții. Cocoșii lui gigantici cântau, într-un glas, atât de tare, încât satul întreg surzi. S-a auzit până în satul vecin cum le pocneau timpanele. Dar adevărata nenorocire se petrecuse abia dimineața. Atunci când a răsărise soarele. Și era un soare obez, mai strălucitor ca niciodată. Reflexiile lui, de astă dată, îi orbiseră pe toți oamenii. Iată cum bogăția prea mare și necontrolată din ignoranță, nu din rea-intenție transformase, într-o singură noapte, un sat întreg de oameni de treabă într-o colonie de surzi și orbi. Nu le mai rămăsese decât darul vorbirii. Dar e o nenorocire să vorbești fără să te asculte nimeni și fără ca măcar tu însuți să auzi prostiile pe care le debitezi.

Povestea pe care o auzise l-a pus pe gânduri. Câteva zile a dispărut. A făcut plimbări lungi prin împrejurimile satului și a cercetat cu atenție fiecare loc. Iar când s-a întors, radia de fericire. I-a cerut lui Valentin să îl ducă direct la biserică. Acesta, ușor mirat, l-a însoțit. La intrare i-a spus, în glumă:

– Am crezut că ți-e frică de cruce și de tămâie. Am crezut că ești diavolul.

Mefistofel n-a înțeles dacă omul vorbea serios ori glumea, dar, pentru siguranță, a avut grijă să îi reamintească: mai intrase o dată, e adevărat, doar pentru câteva momente, în ziua în care se cunoscuseră.

– Ce zeu e ăsta la care vă închinați? a întrebat.

Și a ascultat, curios, povestea întregii religii. Unde se poticnea la povestit Valentin, intervenea preotul, care era una și aceeași persoană cu clopotarul care adormea agățat de clopot. Mișcarea de pendul avea efectul unui leagăn asupra lui. Se mira și el cum de nu dădea drumul frânghiei, în somn. A cercetat cu mare atenție fiecare artefact care i-a fost pus la dispoziție, a răsfoit fiecare carte, a pipăit fiecare crucifix, a cercetat biserica centimetru cu centimetru, după care le-a pus celor doi întrebări atât de complicate, încât aceștia s-au lăsat păgubași, refuzând să îi mai răspundă.

Într-un târziu, le-a spus că mai auzise povestea asta într-o mulțime de alte variante – și cu fecioara, și cu magii, și cu peștera, și cu învierea –, dar că niciodată ea nu fusese împinsă atât de departe și nu fusese atât de solid construită, ca o cetate medievală. Apoi a dispărut din nou timp de câteva zile, iar când s-a întors la casa gazdelor, Gretchen și Margareta l-au îmbrățișat de fericire.

Ochii lui aruncau luceferi de încântare. Nici unul dintre cei trei nu îl văzuse vreodată atât de fericit. „Evrika!“, a strigat toată noaptea, în timp ce alerga, inepuizabil, în jurul casei. Dimineața următoare, i-a cerut lui Valentin, care era și primar, să adune întreg satul în parcul din fața bisericii, dar să nu lipsească nimeni, absolut nimeni.

Exact la miezul zilei, după ce s-au asigurat că nu lipsea nimeni, nici măcar un bebeluș, clopotarul-preot a fost trimis să tragă clopotul exact de douăsprezece ori, fără să adoarmă. Parcul din fața bisericii era deja arhiplin când și-a făcut apariția Mefistofel.

Urcat pe o masă de bucătărie, ca să îl vadă toată lumea și să poată fi văzut de fiecare, acesta și-a început discursul cu o captatio, lăudându-i pe toți locuitorii satului în egală măsură și mulțumindu-le pentru ospitalitatea cu care-l primiseră. Le-a lăudat calitățile umane și pe cele de gazde, căldura sufletească și calmul. După ce smulsese din public aplauze și asigurări că sentimentele erau reciproce, a început să îi certe. Pentru înapoierea în care era satul față de orice localitate înconjurătoare, pentru lenea care îi făcea să lase totul în paragină, pentru nepăsarea față de viitorul celor mai tineri, în educația cărora nu se investea defel – satul nu avea nici măcar o școală –, dar, mai ales, pentru lipsa lor de imaginație, de viziune și de voință de a trăi mai bine. După care le-a explicat că întocmise un plan care să facă satul să prospere într-un fel nemaiîntâlnit și i-a asigurat că fiecare dintre ei va trebui să participe în mod egal și va fi recompensat în mod egal, că nimeni nu va fi șeful sau subalternul altcuiva, că toate deciziile se vor lua, pe domenii de activitate, prin votul unanim al fiecăruia. După ce se mai liniștiseră comentariile, care au fost mult mai puține decât se aștepta, a rostit următoarea frază:

– Trebuie să asanăm mlaștina de la marginea satului și să terasăm lacul. Cu asta începem. Și toată lumea participă exact cu ceea ce știe să facă.

Au căzut de acord cine ce sarcini avea și întreg satul, cu cățel, cu purcel, s-a deplasat destul de entuziasmat la marginea lui. Oamenii erau curioși de ce urma să se întâmple și dacă schimbarea care venise peste ei avea să le aducă, într-adevăr, ceva în plus. Spre surprinderea lui Mefistofel, se mișcau cu o viteză și o eficiență de neimaginat. Probabil că eficiența le venea din felul în care își aranjaseră viața până atunci, astfel încât să depună cât mai puțin efort. Iar viteza și energia, din faptul că toți se odihniseră o viață întreagă. O scenă ciudată, însă, petrecută chiar la margina bălții, acolo unde căzuse Mefistofel, avea să le schimbe viața o dată pentru totdeauna. Oaspetele s-a tăiat la mână într-o piatră ascuțită. Toată lumea a sărit să îl ajute, dar într-o clipită rana i s-a închis singură, ca de la sine. Speriat că sătenii ar fi putut începe să îl bănuiască de niscaiva lucruri necurate sau de vrăjitorie, cu o prezență de spirit demnă de invidiat, a tras-o pe Margareta lângă el și, cu aceeași piatră în care se lovise, i-a făcut o tăietură pe față, de la tâmplă până spre capătul bărbiei. Femeii aproape că i s-a făcut rău și lumea, consternată, s-a oprit din orice activitate. Nu știau cum să reacționeze. Dar Mefistofel a dus mâna la micul izvor de la marginea bălții, a luat apă în căușul palmei și a spălat-o pe femeie pe obrazul care sângera din abundență. La final și-a lipit palma de obrazul ei și a apelat la cunoștințele pe care le dobândise în atâția ani de studiu. Când a luat mâna de pe fața fetei, obrazul era vindecat, ca și cum nimic nu s-ar fi întâmplat.

– Apa are puteri vindecătoare, a început să strige. Apa ne-a vindecat pe amândoi.

Poiana s-a umplut imediat de murmure și alți oameni, dintre cei mai curajoși, au vrut imediat să încerce. A încercat să le domolească entuziasmul, dar n-a fost chip, așa că a trebuit să vindece vreo trei, patru, după care a ridicat vocea și le-a spus că era suficient. Nu trebuia să uite pentru ce se adunaseră. Până la lăsarea serii mlaștina era asanată, și iazul devenise o splendoare de lac pe care pluteau nuferi gigantici. Mormolocii colorați s-au transformat pe loc în pești, și lumea s-a așezat pe terasa cea nouă, ca să privească, plină de încântare, coloritul bogat al apei și modelele fosforescente pe care le desenau peștii, în traiectoriile lor. Broaștele începuseră un concert care, în atmosfera feerică a locului, suna ca o muzică divină. La final, de undeva, din largul cerului, au apărut și câteva perechi de lebede care s-au așezat încântate pe lac.

Mefistofel s-a uitat la chipurile sătenilor, care radiau de încântare, și și-a spus că era bine. I-a trimis pe oameni să se culce, urmând ca, potrivit înțelegerii, să se întâlnească a doua zi la prânz, în același loc, în parcul bisericii. Oamenii s-au culcat liniștiți în acea seară, mult mai devreme, pentru că erau epuizați de efort, dar și de atâta frumusețe, cum ochii lor nu văzuseră vreodată. Până și pe moroii care veniseră, ca de obicei, în noaptea aceea, i-au ignorat cu desăvârșire și nu le-au mai dat nimic de făcut.

A doua zi, o nouă surpriză. Valentin i-a anunțat că oaspetele lor lucra la un plan și că întâlnirea se amâna. Dar nici nu rostise bine vorbele, că Mefistofel a și apărut, alergând, cu un sul imens de hârtie sub braț. S-a urcat, ca de obicei, pe masă și le-a spus că, în sfârșit, găsise soluția la toate problemele lor, chiar mai mult decât data trecută. Și că ochii îi fuseseră deschiși de faptul că descoperise izvorul tămăduitor. Le-a explicat, însă, că nu le putea dezvălui nimic până nu ar fi jurat cu toții, indiferent de vârstă, să nu spună niciodată, nimic, nici unui străin și că urmau să semneze un contract care trebuia iscălit cu sângele lor. Le-a mai spus, veste întâmpinată cu tristețe, că, la un moment dat, el avea să fie nevoit să se întoarcă la casa lui, pentru că avea o familie care îl iubea și îi ducea dorul, dar că asta urma să se întâmple în momentul în care toți sătenii la unison, încântați de ce vor fi realizat, înnebuniți de bucurie, i-ar fi cerut clipei să se oprească și timpului să înghețe în loc. Încă prizonieri ai senzațiilor din noaptea precedentă, au semnat cu toții. Unii s-au tăiat în palmă cu cuțitul, alții s-au înțepat cu un ac. Până și bebelușilor le-a fost înțepată urechea sau degetul mic.

Când toate formalitățile s-au încheiat, le-a dezvăluit planul. Urmau să construiască o fântână minunată la izvorul acela, în așa fel încât întreg complexul, cu lacul, terasa și izvorul, să constituie un punct de atracție pentru vizitatori. A prevăzut că mulți, auzind de puterea tămăduitoare a apelor acelora subterane, aveau să le viziteze satul. Așa că era nevoie să construiască rapid căi de acces, scări și balustrade, bănci de lemn și de piatră, unde lumea să se poată odihni, dar și rampe pentru invalizi. Oamenii care aveau să vină de hăt, departe, din cele mai îndepărtate colțuri ale lumii, urmau să aibă nevoie de facilități în care să locuiască și să mănânce, de ajutoare și de asistență medicală. Dar, a continuat el, deși mulți aveau să vină în căutarea tămăduirii, această vindecare avea nevoie de o lămurire suplimentară, de ceva care să explice natura tămăduitoare a apei. Așa că a venit cu o nouă idee. Trebuia să fie aleși niște copii. Șase copii – fix șase. Întrebat de ce nu alesese alt număr, a zâmbit amar, apoi le-a spus că asta era cifra lui norocoasă. Așadar, șase copii care trebuia să învețe un rol pe de rost și să nu se abată niciodată de la el. Trebuia să povestească, toți șase la unison, că, în timp ce se jucau printre dealurile care mărgineau lacul, o lumină orbitoare se răspândise în vale și că pe lumina aceea coborâse Fecioara Maria, care le vorbise. Și ăsta era doar începutul, iar povestea se cerea încontinuu alimentată și dezvoltată, urmând ca toți cei șase copii să fie vizitați de astfel de apariții, constant. Ba chiar să se stabilească și niște date fixe ale fiecărei luni pentru asta. La început ar fi venit cu mesaje de dragoste și pace, dar cu timpul, când lumea n-ar mai fi considerat asta ceva spectaculos, Fecioara urma să le dezvăluie și niște secrete. Zece, a adăugat el, cum sunt cele zece porunci. Și secretele să fie întunecate – admonestări ale Domnului, previziuni despre foamete și război, despre boli și virusuri mortale, cum sunt ciuma, sau malnutriția, sau haosul. Dar și viziuni despre rebeliuni în interiorul Bisericii, despre persecuție și martirizare. Despre venirea unei comete și despre trei zile de întuneric total. Bineînțeles, adulții satului aveau să confirme aceste apariții. Unii ar fi spus că ei nu le văzuseră pentru că sufletele lor nu erau suficient de pure, iar alții că le-au văzut și că au văzut-o pe Maica Domnului mișcându-și buzele și vorbind, fără să audă însă ce zicea, privilegiul acesta fiindu-le rezervat copiilor. Dacă toate astea s-ar fi petrecut întocmai, a adăugat, pelerinajul în satul lor avea să fie unul uriaș, și ar fi prosperat mai mult decât orice localitate de pe Pământ. Iar pentru asta trebuia dezvoltată o adevărată industrie a suvenirurilor – de la lumânări la cărți poștale cu Sfânta Maria, care îți face cu ochiul dacă te uiți dintr-o anumită parte, tricouri și prosoape, caiete de rugăciuni și blocnotes-uri, căni și magneți de pus pe te miri unde există ceva metalic, tricouri gata autografate de toți cei șase copii și câte și mai câte, pe care nu avea timp să le înșiruie acolo, dar care erau, toate, prinse în sulul pe care îl avea asupra lui.

Încântarea ascultătorilor a fost atât de mare, încât Mefistofel a continuat, încurajat de succesul enorm la publicul care începuse să aplaude și să chiuie aproape la fiecare vorbă pe care o spunea. Era nevoie ca lucrurile acestea să crească, tot mai multe minuni să se petreacă acolo, așa încât o lume întreagă să știe că locul acela era, probabil, cel mai sfânt de pe Pământ. Urma ca statuia Madonei de deasupra altarului să plângă. Cu lacrimi de sânge. Avea deja planurile unei mașinării care ar fi pompat apă colorată printr-un furtun foarte subțire, invizibil. Apariții ale zeului lor trebuia neapărat să aibă loc peste tot – în scoarțele copacilor, în mâncarea de fiecare zi, în orice formă naturală nou-descoperită. Noile biserici construite aveau să aibă relicvarii bogate, cu lemn și cuie autentice din Cruce, cu pocalul sfânt în care-I fusese adunat sângele, unul sau mai multe materiale textile pe care să se fi imprimat chipul Lui – un giulgiu și o maramă (acestea aveau să poarte denumirea de acheiropoieta, adică nu făcute de mâna omului) –, un spin din coroana pe care a purtat-o, o bucată din lancea unui soldat nefericit, cu care a fost împuns Mântuitorul, și multe, multe altele. Era important ca, de fiecare dată, după ce mai mult timp s-ar fi așternut peste vreo minune, o alta să îi ia locul. O informație nouă, care să sporească mereu și mereu notorietatea satului și, în felul acesta, bogăția locuitorilor săi.

Când a terminat de vorbit, lumea era atât de încântată, atât de dornică să sărbătorească, încât s-a încins un chef monstruos, care lui Mefistofel i-a reamintit de Nopțile Valpurgiei pe care le petrecea cu ai săi, și un dor de casă l-a lovit drept în inimă.

Chiar de a doua zi dimineața, s-au apucat de construit complexul din jurul izvorului. Întreg satul era prezent la muncă, iar atmosfera era una extraordinară. Dacă ar fi existat un instrument care să măsoare entuziasmul unui grup de oameni, acesta, așezat la marginea satului, ar fi explodat, pur și simplu, din cauza presiunii. Mai trebuia rezolvată o singură problemă. Cea a mesajului. Cum avea să ajungă el în lumea largă. Așa că au făcut niște hârtii colorate pe care au scris începutul poveștii – despre izvorul cu ape tămăduitoare și despre viziunea celor șase copii. Era suficient pentru început. Nu trebuia să exagereze, pentru că exista riscul ca povestea să nu fie credibilă, deși, așa cum știa foarte bine Mefistofel, cu cât minciuna e mai gogonată, cu atât e crezută mai abitir, și cu cât e repetată de mai multe ori, cu atât devine mai repede adevăr incontestabil. Dar cineva trebuia să răspândească mesajul. Au găsit doi frați, pe Saul și Pavel, cărora li se mai spunea și Frații Tarsieni, pentru că aveau oasele de la labele picioarelor hiperdezvoltate, de câteva ori mai mari decât ale unei persoane normale. Picioarele erau scurte, dar suprafața pe care călcau le dădea stabilitate, rezistență și viteză. Au plecat, cei doi frați, cu câte patru saci în spate fiecare. Și-au luat-o în pas alergător. În prima seară s-au odihnit pe câmp. Dar a doua zi au ajuns deja în primele sate. Saul în Atohia și Troada, Pavel în Cavala și Filipi. Se temeau că oamenii aveau să râdă de ei sau să le opună rezistență. Saul, care era mai fricos, s-a temut, la început, să nu fie luat la bătaie. Dar nimic din toate astea nu s-a întâmplat. Din contră, locuitorii acelor sate au fost încântați de mesaj, de care s-au anunțat unii pe alții. Și-au adus în centrele satelor și rudele, și prietenii, și toți cunoscuții. Toți au fost încântați. Iar vestea s-a răspândit ca gândul și în localitățile limitrofe. Așa că, în următoarele localități în care au ajuns, Tesala, Anfipol, Bereea (Saul) și Colose, Laodiceea și Ierapoli (Pavel), oamenii știau deja povestea lor și îi așteptau cu înfrigurare. I-au primit ca pe niște sfinți, i-au hrănit și i-au îmbrăcat. Saul ar fi avut chef și de vreo văduvă, ceva, dar i-a cam fost teamă că nu se potrivea cu mesajul pe care îl transmitea. Așa că s-a mulțumit să se îndoape. Pavel a fost și el foarte mirat văzând oameni care imitau suferințele Mântuitorului – se autoflagelau, purtau niște brâie cu ținte în jurul picioarelor, coroane de spini pe cap, cărau cruci imense și se răstigneau unii pe alții. Cei doi erau buni să convingă lumea, iar din gurile lor, vorbirea molcomă, dar fermă părea un fluviu de lapte și miere. Dar și setea celor care ascultau, deopotrivă de mare, a fost de mare ajutor. Cum ar fi spus Mefistofel, cererea și oferta s-au întâlnit.

În timp ce Frații Tarsieni își continuau cu succes campania de promovare prin lume, satul începuse să se umple de pelerini. Totul s-a întâmplat exact așa cum prezisese Mefistofel. Banii au început să curgă râuri-râuri. După doar câteva luni, locuitorii satului au început să își reconstruiască din temelii casele. În mai puțin de jumătate de an, satul devenise un oraș prosper, plin de biserici, hoteluri și magazine de suveniruri. Au început să apară și băncile, care le împrumutau bani celor care doreau să mai stea, dar veniseră nepregătiți. Singura problemă de care s-au lovit la început a fost povestea cu strigoii. Era evident că prezența lor nu le putea fi explicată turiștilor, care s-ar fi speriat îngrozitor și, Doamne-ferește! ar fi confundat satul, devenit grădina Maicii Domnului, cu o anticameră a iadului sau cu un loc blestemat. Așa că, într-o noapte, s-au dus în cimitir și au bătut niște țăruși uriași în piepturile morților, străpungându-le inimile și țintuindu-i în morminte pentru veșnicie. Doar femeia pe care o văzuse cea dintâi, pe când era doar un pudel negru, a refuzat categoric să se despartă de soțul ei, așa că a trebuit să îi fie mutat mormântul în centrul unui foișor, construit special în grădina din spatele casei, și să fie ridicat un gard peste care să nu se poată uita nimeni.

Cam la un an de la căderea pe Pământ, Mefistofel își făcea rondul obișnuit prin satul care devenise o adevărată metropolă. Pornise de la margine, de unde căzuse și unde balta de altădată căpătase aspectul unui lunapark al pelerinajului. Mulțimi de oameni își așteptau rândul la apa binecuvântată și fie beau din ea acolo, pe loc, fie își spălau ochii sau infirmitățile, fie o adunau în damigene mari. Unii pentru uz propriu, alții pentru acele rude și prieteni care nu se puteau deplasa, iar unii ca să facă speculă cu ea. A privit asta și și-a spus că e bine. A pornit apoi pe ulițele satului, ce deveniseră șosele largi prin fața unor case impunătoare, care aveau deja parcate în față automobile. A privit și asta și și-a spus că și asta e bine. Apoi a văzut oamenii care munceau prin curți. Erau toți angajați, toți aduși de afară. Nici unul dintre locuitorii originari ai satului nu mai mișca vreun deget. Aveau armate de servitori care să le facă treaba. Vii, nu moroi lenți, cu talpa de carton de la pantof dezlipită, prin care să se scurgă ceaiul primit în semn de bun-venit. A văzut și asta, și și-a spus din nou că e bine. A trecut pe lângă hoteluri, restaurante, bănci și magazine de suveniruri, care ajunseseră adevărate malluri ale credinței. Și asta i s-a părut bine. A ajuns, în fine, și în parcul central, unde mica biserică de lemn ajunsese o catedrală uriașă, pe șase etaje, cu 211 lifturi și cu 666 666 de locuri de rugăciune. A zâmbit, și totul i s-a părut bine.

Doar că, la un moment dat, i s-a părut că ochii îi joacă feste. Un câine tras în laț de o babă obeză, care venise să își trateze diabetul cu apă de izvor, un câine care semăna cu el când se transformase prima oară, și-a mișcat coada în față, după care coada a sărit din nou în poziția inițială, ca să se miște apoi încă o dată. A observat cum o doamnă care împingea un cărucior cu doi gemeni începe să se miște sacadat și că imaginea ei revine la o poziție anterioară. Era ca și când ar fi avut în față un film care se blocase în aparatul de proiecție. A întors capul, și lifturile exterioare ale catedralei se opriseră, pur și simplu. Iar oamenii din ele, ca și cei din parc, înțepeniseră în mijlocul gesturilor pe care le făceau. Totul era oprit în jurul lui, ca și când filmul evenimentelor ar fi fost înghețat de cineva. O pasăre împietrise în zbor deasupra lui, un copil care se împiedicase rămăsese blocat în mijlocul căderii spre iarba pe care urma să se prăbușească. Preotul, devenit episcop între timp, se oprise cu un picior ridicat, înainte de a-și termina pasul.

Atunci a înțeles. Întreg satul decisese că aceea era fericirea. Și toți, într-un gând, își doriseră să nu mai treacă niciodată clipa respectivă.

A auzit un tunet, ca o crăpătură în cer, sau ca un pârț al lui Ucigă-l-Toaca, și a simțit o forță uriașă care îl trăgea, în timp ce îi cojea de pe el aparența umană, ca de pe o banană, și se transformă la loc în fum.

Câteva clipe mai târziu, o drăcoaică între două vârste, fardată violent, cu buze groase și roșii ca flăcările iadului, cocoțată pe tocuri de 15 centimetri, l-a luat de braț și i-a spus că era cazul să se grăbească. O nouă Noapte a Valpurgiei tocmai începuse.

Postfață

DRACII LUI IGOR BERGLER

După primele două cărți, *Biblia pierdută* și *Testamentul lui Abraham*, ambele masive pe dinafară, inepuizabile pe dinăuntru, surprinzătoare și unice în literatura noastră actuală – asta doar pentru a-mi reprima tentația unor afirmații și mai radicale –, Igor Bergler pare că face o mică pauză de respirație și se relaxează cu șase povestiri scurte. Și cum nu există, vorba cronicarului, *mai plăcută omului zăbavă* decât o destrăbălare narativă cu o târlă de draci, el și-a luat drept parteneri de joacă tocmai niște strălucite exemplare din rezervația întunecată a Satanei, dacă oximoronul nu este excesiv. Dar cum Igor Bergler nu scrie din burtă, nici din cea proprie, nici din aceea a colectivității proxime, ci din memorie, din memoria locală, din memoria difuză, din memoria umanității, pe orizontală, și din memoria speciei, pe verticală, el se înhăitează cu alți crescători de draci, ale căror manejuri colcăie de agregări diabolice absolut fabuloase. De la eresurile de substrat, cu morfologii asimilabile, la versantul întunecat al Vechiului Testament, la fauna paleocreștină, la imaginarul sabatic medieval, la rezervațiile didactico-taumaturgice ale Inchiziției, mereu supraaglomerate din pricina travaliului exorcizator, la emanațiile flamboaiante ale gotico-romantismului, la Carlo Gozzi, la Goethe, la Lessage, la Gogol, la Creangă, la Caragiale etc. etc. și până la Bulgakov sau Borges, se întinde o plajă imensă pe care Igor Bergler pășește agale, ca un pașă atemporal, și atacă selectiv, cu o precizie chirurgicală, prelevând exact tipologiile adecvate pentru amenajarea măreţului său Univers paralel. În cele șase povestiri scurte („A doua moarte a piratului Francis Dracul, Sir, cavaler și pungaș", „Cele trei Magdalene", „Intrusul", „Dracomorfoză", „Un detectiv și niște tablouri dintr-o expoziție", „Anul dintre două Nopți ale Valpurgiei"), în mod paradoxal, mai mari pe dinăuntru decât pe dinafară, parte recuperate și reconfigurate din vagoanele de șpan rămase după șantierul celor două romane, se aliniază frumos și se manifestă în consecință cele mai năstrușnice, mai imprevizibile, mai melancolice sau mai triste și, de ce nu, mai etice categorii de draci.

Dacă nu ne eliberăm de prejudecăți și căutăm obstinați obositele paradigme drăcești din stereotipul nostru mental sau din cosmogoniile folclorului de mahala, în care Dracul strică tot ceea ce Dumnezeu clădește, în care luminii divine el îi contrapune, invariabil, păduri de furci și de țepușe înroșite direct în focul cel veșnic al iadului, dacă anticipăm în fiecare imagine a sa un izvor nesfârșit de criminali în serie, de Jack Spintecătorul tronând peste mormane de cadavre, ca după bombardament, imaginarul diabolic pe care îl instrumentează Igor Bergler nu ne va fi de nici un folos. Dracii lui nu sunt Dracul veterotestamentar, mereu opozabil, nu sunt nici șarpele Genezei care distruge beatitudinea paradisiacă a androginului, nu sunt dușmanul etern și neobosit al Creației, ci infatigabilul tovarăș de drum al *creaturii*, un subtil prestator de servicii în momentele în care apar fisuri neprevăzute în coerența lumii diurne, un corector de conștiință și un liant inefabil între conștiința de sine și abisul inconștientului, atunci când ele intră în tensiune sau devin de-a dreptul ireconciliabile. Ferma de draci a lui Igor Bergler, fiindcă de vreun infren nici nu poate fi vorba, deși nu foarte încăpătoare ca inventar – în definitiv, câți draci pot intra pe bune în șase povestiri, fără ca ei să se calce pe copite și să devină mai gregari decât le este firea!? –, poate totuși oferi caractere și competențe drăcești pentru orice tip de necesitate. Vrea cineva un drac domestic, o umbră transparentă, conturată cu cerneală simpatică, agățată de ultimele resurse ale unei vieți pământene, apoi supusă unui subtil proces de ipostaziere, până dincolo de limita autonomiei, pentru ca, finalmente, bizarul drac de companie, din ce în ce mai melancolic și mai trist, victimă sigură a devastatoarei lăcomii colective, să se retragă din nou, evanescent, în lumea lui invizibilă? Se găsește. Povestea din „Intrusul" îi oferă un exemplar ireproșabil: un drac timid, interiorizat și poetic care ia asupra sa întreaga melancolie colectivă pentru a lăsa în stare de libertate absolută jubilația tâmpă și isteria neîngrădită ale unor mase care aveau nevoie fix de un drac pentru a se manifesta așa cum le este natura.

Dracul care încurcă lumile, care amestecă imperceptibil visul cu starea de luciditate, nu cu realitatea, fiindcă și visul este realitate, care se scufundă în imaginarul lui Kafka și reface traseele pure ale literaturii ca act în sine, dincolo de orice refren, ca proces care instituie propriul său sistem de referință pentru a rostogoli în realul mare o realitate subsecventă ce tinde să dea pe afară, ca un aluat dospit, care testează amplitudinea absurdului și limitele destinului coboară nestingherit exact din paginile „Dracomorfozei", asemenea cetățeanului urmuzian care coboară direct din maimuță.

Într-o lume excesiv ideologizată, care a abandonat esteticul în beneficiul propagandei, în care marxismul reșapat stângaci a trecut iarăși la raptul de simboluri, singurele conștiințe estetice, singura formă de percepție existențială a urâtului, a mediocrității și a imposturii este, evident, dracul însuși. Dar nu orice drac, ci dracii din „ Un detectiv și niște tablouri dintr-o expoziție", niște draci revoltați, sensibili, esteți și hedoniști, care evadează din captivitatea unor pânze mediocre pentru a-și căuta împlinirea prin substituirea unor personaje celebre din iconografia nu mai puțin celebră a unor capodopere ale artei universale. Deși Igor Bergler pune aici în mișcare două categorii de draci, unii bidimensionali, asociați cu pictura, și alții tridimensionali, asociați cu sculptura, un cititor competent poate extinde semnificația corporalității nu doar la previzibilul binom pictură–sculptură, ci și, dacă nu cumva în primul rând, la acela mult mai subtil al gândirii imaginii, și anume la binomul Orient–Occident sau, mai exact, la acela bizantin/ortodox–figurativ/catolic. Oricum, dracii-hermeneuți sancționează necruțător limitele artei și toate formele de fariseism al creației abordând, într-o spectaculoasă stilistică postmodernă, și dimensiunea diacronică, istorică, și pe aceea sincronică, geografico-spațială, ale creației artistice.

Dracul freudian, cel care coboară în abisurile conștientului până la anularea lui completă, cel care agită subconștientul, excită inconștientul și tulbură identitățile, cel care conectează și deconectează fluxurile memoriei de la propriile lor vaduri, provoacă transmutații magice în regnul mineral-geologic, animal și uman deopotrivă, apoi operează într-un peisaj geografic și simbolic implacabil, între Marea Moartă și oceanul deșertic, animând ca un jongleur, cu trei bile deodată, resorturile vieții, ale conștiinței și ale morții, este suveran absolut în spațiul restrâns, dar de o densitate maximă al halucinantei povești din „A doua moarte a piratului Francis Dracul, Sir, cavaler și pungaș".

Din această mare narațiune, în care detectivismul subtil, de tip Stevenson sau Chesterton, dar dus pe ultimele sale trepte de rafinament logic și de jocuri combinatorii de către Jorge Luis Borges, nu aveau cum să lipsească dracul bipolar, dacă îi putem spune așa, dracul vinovat și victimă, dracul seducător și sedus, dar și natura diabolică, paradoxală și sublimă, a sfințeniei. În complicata țevărie compozițională a povestirii „Cele trei Magdalene", în care Borges și Eco se întâlnesc și se potențează încă o dată, apar toate motivele clasice ale lumilor suprapuse: al itinerarului geografic, diurn, prin labirintul metropolelor, cel intermediar, prin labirintul bibliotecii, al jaloanelor memoriei, și cel subteran, al căilor inițiatice pe urmele unor călăuze oculte. Dracul insinuat în această poveste încâlcită este el însuși versatil și nelocalizabil, este vânat și revelator în același timp, este hăituit de exorcizatori, dar și, asemenea *Diavolului șchiop*, cel care poate să ridice vălul de pe ascunzișurile insalubre și tenebroase ale lumii. Dracul și Magdalena, cea de-a doua și cea de-a treia, sunt interșanjabili, iar puritatea și sfințenia, pe de o parte, și abjecția și căderea, pe de alta, pot fi înțelese radical diferit, în funcție de narator, asemenea crimei din *Într-un bunget de pădure* a lui Akutagawa.

Și, finalmente, dracul relegat printre muritorii cvasi-sălbatici, din pricina crizei de smoală pe care o provoacă tocmai când era mai mare nevoie de ea, din povestirea „Anul dintre două Nopți ale Valpurgiei", este cel care amăgește prin civilizație, prin confort și prin bunăstare, prin deplasarea centrului de greutate de pe fond pe formă, este dracul civilizator, cel care creează istoria, fondează sistemele, întemeiază mitul și, sub aparența ordinii, robește spiritul nu numai bunurilor trecătoare, ci și construcțiilor sociale de tip totalitar.

În mod evident, la sfârșitul lecturii, o întrebare se naște irepresibil: ce (și cum) sunt, până la urmă, dracii lui Igor Bergler? Sunt entități ale infernului, pedepse năprasnice pe care omul trebuie să le îndure din pricina simplă că răul este complementul obligatoriu al binelui, sunt forțe ale disoluției, pentru că nu pot suporta măreția creației, sau, pur și simplu, sunt natura noastră mai mult sau mai puțin conștientă, sunt energiile noastre scăpate în libertate ori, cine știe, dacă nu chiar marea noastră șansă de a pătrunde acolo unde binele comun și gestul precaut nu ne acordă nici o șansă? Dar până la un răspuns convingător, pe care doar cititorul singur și-l poate oferi, un lucru este în afara oricărei discuții: cu aceste șase povestiri surprinzătoare, Igor Bergler, pe lângă faptul că reușește să spună și în fleșuri ceea ce a spus până acum doar în epopee, aduce și noi specimene de draci în infernul nostru literar, mult îmbunătățite față de alte produse asemănătoare, ceea ce, evident, nu i se va ierta ușor. Cum nu i s-a iertat încă nici faptul că a apărut din senin, fără să întrebe pe nimeni. În mod cert, aici și-a vârât coada dracul celei de-a șaptea povestiri, dar despre asta poate altădată!

Pavel Șușară

În pregătire:

UN ANSAMBLU CAM PORCOS

de Igor Bergler

Blocul nostru stătea erect între două blocuri mici, pe care imaginația unui arhitect școlit la Moscova, însă disident în raport cu estetica semicoreeană de partid a decis într-un subtil, dar anonim protest să le rotunjească un pic la colțuri. Un gest care nu ținea cont de regulile utilității trasate de Bauhaus, așa că îi cam descumpănea pe cetățenii care avuseseră ghinionul să fie repartizați în apartamentele de pe colț. Mai ales că fabricile de mobilă aveau și ele Bauhausul lor, iar canapele și mese cu suprafețe curbe nu se găseau decât pe pile, import din Polonia, unde protestul arhitecților devenise cu timpul mai puțin solitar decât în orașul nostru. Cel mai mult au avut de suferit cei cu bucătăria pe colț, care, trebuind musai să achiziționeze colțare, în acord cu stilistica vremii, au fost nevoiți să apeleze la tâmplari avangardiști care să înțeleagă conceptul și să convertească neeuclidian la curbe întreg universul lor de manuale de tâmplărie, un soi de haute boiseries, și să își asume riscul de a face modificările ce se impuneau.

Blocul nostru era cel mai înalt din oraș. Avea optsprezece etaje și, în acel moment, reprezenta un fel de Chrysler Building al unei țări întregi – Empire State Building suna prea imperial și era prea greu de reținut, iar de turnurile gemene s-a aflat la noi abia după ce s-au prăbușit, experiment care, dacă rezista, în câțiva ani urma să fie multiplicat masiv în capitală. Orașul meu era atunci un fel de Spanie interbelică, în care se întâlneau toate experimentele îndrăznețe ce trebuiau să transforme România în vârful de lance al central-europenității, unde Tratatul de la Varșovia se întâlnea cu Occidentul și, pe lângă palma groaznică pe care i-o trăgea acestuia de pe urmă peste obrazul gros, devenea și un model pentru țările de dincoace de Cortina de Fier. Un act de curaj cum de pe vremea agriculturii biologice a lui Trofim Denisovici Lîsenko nu se mai întâlnise.

Blocul nostru era privit de mai toți locuitorii orașului cu dispreț. Un dispreț născut însă din adânca invidie a celui care nu va reuși niciodată să locuiască în el, să fie un pic mai american decât restul. Devenise un fel de reper aspirațional pentru oricine avea o brumă de funcție importantă, de relații și de bani. Noii locatari erau priviți cu un amestec de pizmă și ură, dar erau pretutindeni întâmpinați cu respect și tratați diferit. Primeau cărți de sub tejghea de la librărie, portocale la alimentară, ceafă de porc la măcelărie, chiar și Pepsi și Kent pe terasele restaurantelor marilor hoteluri. Odată, tatăl meu a primit două pachete de cafea boabe Alvorada de la un șef de sală, numai pentru că acesta a aflat de la un guraliv că tata locuia în acest bloc al blocurilor. Cafeaua era râncedă, dar asta nu făcea decât să ridice și mai mult valoarea sentimentală a gestului. De când o ținea bietul om în cămară și cât o mai fi privit cu poftă la ea, spunându-și că, într-o zi, când fiul lui se va căsători sau nepoții vor debuta la serbarea de la grădiniță, vor sorbi împreună, în familie, o cafea adevărată! Vor fi alții oamenii care, fie și pentru câteva clipe, vor uita nechezolul și orzoaica.

Blocul nostru era așadar flancat de două clădiri mai mici și rotunjite, tot blocuri și ele. Astăzi, un primar întreprinzător, care a decis ceva ce era evident, că urâțenia gri chinuită de degradare a comunismului se reflecta în sufletele locuitorilor, a luat o decizie curajoasă. A dat ordin ca orașul să fie înveselit pe scară mare și a împărțit pe cartiere, prin tragere la sorți, culorile care urmau să salveze fațadele clădirilor din cartierele-dormitor de cenușiul epocii pe care toți o voiam de mult uitată. Cum cele trei construcții nu făceau parte din nici un cartier și cum rozul, galbenul, fucsia și magenta, turcoazul și portocaliul fuseseră deja alocate, singura culoare atractivă disponibilă rămăsese liliachiul. Și poate că era mai bine așa. O culoare vie și veselă, în ton cu noua filosofie a decorării spațiului public, dar în același timp eleganță și sobrietate, vibrație și înaltă semnificație științifică – secretarul primăriei, a cărui soție deținea firma ce administra cele trei blocuri, a susținut sus și tare că movul era culoarea simbolică definitorie a cuarțului violet cunoscut și sub numele de ametist, piatra sub care stă semnul zodiacal al Peștilor, sub care se născuseră el, soția sa, cei doi copii și, încă pe deasupra, chiar soacra și nevasta primarului.

Blocul nostru era prea înalt. Asta s-a decis într-o ședință după groaznicul accident în care trei alpiniști utilitari au căzut în cap de la etajul al paisprezecelea când s-a rupt placa de susținere în care își fixaseră corzile. Așa că, până la o rezolvare mai puțin riscantă a problemei, a fost lăsat așa cum era, placat cu marmură albă imediat sub geamuri, cu cenușiul jegos la ultimele patru etaje și de un alb strălucitor până la nivelul la care ajunseră alpiniștii să vopsească, înainte de tragicul accident. Se pare că albul era doar partea de var pe care urma să fie așternut liliachiul. În fine, la cele două clădiri rotunde de patru etaje de alături, marea operație estetică reușise din plin. Ba mai mult, fusese folosită o vopsea de import care avea proprietăți reflectorizante și care, noaptea când era lună sau ori de câte ori o lumină puternică se proiecta pe fațadele blocurilor, devenea fosforescentă.

Blocul nostru a devenit alb fosforescent până la etajul al paisprezecelea, apoi mai blând în griul îngălat de trecerea vremii preț de patru etaje. Alături, de o parte și de alta, cele două bloculețe rotunjite la colțuri, ușor ovale, de un liliachiu închis. O imagine care nu putea lăsa rece pe nimeni. Mândria orașului și a locuitorilor lui, dar în special bucuria uriașă a locatarilor complexului, care s-au trezit peste noapte cu valoarea apartamentelor înzecită. Motivul real pentru această uriașă creștere a prețurilor, dincolo de boom-ul imobiliar al ultimilor ani și de demolarea fabricii de lapte de vizavi, în locul căreia urmează să se ridice cel mai modern hypermarket din oraș, era apariția unor fotografii cu complexul în cele mai importante reviste de arhitectură și high-life din lume. De la copilul cetățeanului Kane, cel real – *Cosmopolitan* –, trecând prin *Marie Claire* și *Australian House and Garden*, până la *Arhitectural Digest*, *Dwell* și *Metropolis Magazine*, toate revistele se întreceau la a pune pe copertă capodopera arhitectonică a orașului nostru. Cum să nu înnebunești de mândrie când, de la *National Geographic* până la *New Zeeland Listener*, toate marile publicații glossy ale planetei se întreceau în a-ți pune locuința, reală sau doar visată, pe copertă?

Blocul nostru e acum celebru. Fotografiat de sus, de la distanță, din pustiul lăsat în economia spațiului de demolarea vechii fabrici de lapte, unt și iaurt degresat, unde șantierul cel nou ne va aduce modernitatea lumii printr-un templu al consumerismului, hyper-giga-terra marketul, blocul nostru arată în fotografii ca un falus imens între două testicule învinețite. Așa cum a spus nebunul orașului când primele reviste se răsfoiau în public, în centru, unde lumea se adunase în număr la fel de mare ca la revoluție, vagabondul zdrențuros pe care îl știu de mic și care pare nemuritor și fără vârstă, proprietar de drept al pieței centrale a orașului, a reușit printr-o fandare îndrăzneață să pună pentru o clipă mâna pe microfonul la care oficialitățile își recitau mantrele într-o desăvârșită limbă de lemn și să rostească tare, în timp ce privea una dintre fotografiile proiectate pe clădirea catedralei:

– Uite o pulă cu două coaie. Un ansamblu cam porcos.

S-a lăsat pentru o clipă liniștea peste oraș, peste piața operei și peste catedrală. Apoi lumea a început să cânte, să chiuie și să aplaude. S-au lansat artificii de către o trupă de artificieri francezi și chinezi și americani, uniți într-un proiect cultural fără precedent, întru gloria celui mai celebru monument al României, mai celebru decât a doua cea mai mare clădire din lume, Casa Poporului, mai celebru decât Brâncuși, Ionescu, Cioran și Eliade la un loc. Mai celebru decât Nadia și Hagi, decât Ilie Năstase – ansamblul nostru cel porcos.

Blocul nostru e acum noul Taj Mahal. Turiști din toată lumea se înghesuie să îl viziteze. În oraș s-au înmulțit hotelurile și restaurantele, e plin de baruri și magazine de suveniruri. Orașul nostru a crescut simțitor de atunci. A devenit pentru un an capitală culturală europeană. Au crescut criminalitatea și numărul curvelor. O celebră cântăreață de operă s-a mutat aici. Câțiva milionari texani au venit să crească vaci și să sape după gaze de șist. Oligarhi ruși putred de bogați au început să cumpere apartamente în ansamblul atât de celebru în lume.

Această carte este povestea acestui ansamblu. Cea de dinainte ca acesta să arate ca un falus flancat de două testicule sau cel puțin de dinainte ca un teren viran și o vopsea cuminte așezată să dea suficientă perspectivă celui care ar fi putut să observe asta. E povestea celor trei clădiri și a oamenilor care le-au locuit din momentul în care s-au construit.

Ad urbe condita.

Capitolul 1
MADLENA DIN ŞOSETE

Ne-am mutat într-o dimineaţă de vară cu maşina şcolii sportive la parterul testiculului stâng, cum stăteai cu faţa la ansamblu. Asta a fost şi prima mea întâlnire directă şi neintermediată cu teoria relativităţii. Pentru că l-am auzit pe tata spunându-i unui prieten la telefon să vină să vadă apartamentul patru din blocul din dreapta. Chestie de sistem de referinţă, cum aveam să aflu câteva zile mai târziu, în timp ce citeam despre Zenon din Eleea şi despre săgeata care nu ajunge niciodată la ţintă. Depinde cum te uiţi. Dacă eşti afară, ceea ce din interior e stânga devine dreapta, şi invers. Tata privea pe geam în timp ce vorbea la telefon. Iar blocul cel mare, vedeta ansamblului şi axis mundi, era la stânga lui, aşa cum stătea în dreptul ferestrei urmărind muncitorii cum trăgeau firele pentru ascensor. Nu mai ştiu dacă prietenul său s-a încurcat când a venit să ne viziteze sau a gândit povestea din punctul de vedere al tatei şi dacă nu cumva a încercat întâi uşa vreunui vecin din clădirea ce flanca blocul care încă nu era al nostru, de cealaltă parte. Ştiu însă sigur că a nimerit la noi, pentru că nu aveam să îl uit niciodată pe acel prim vizitator al noii noastre locuinţe.

Era maistru la școala la care învățam eu și urma să fac cu el traforaj în anul următor. Îl chema Gruia și fusese aviator.

Cum afară plouase, și praful șantierului se amestecase cu apa, în așa hal încât nu aveai cum să scapi fără să te afunzi în noroi până la glezne, omul a fost nevoit să se descalțe. Am mai descoperit ceva atunci, în afara chestiei cu relativitatea. Din acea zi, încă și astăzi, atât cât a fost în puterea mea, am interzis oricui să se mai descalțe vreodată în casele în care am stat și am refuzat de fiecare dată să mă descalț când mergeam prin vreo vizită. Orașul nostru avea obiceiul ăsta, ca la musulmani. Descălțatul era o chestie de etichetă. Și nu era deloc un lucru facultativ. Până și când mergeai la petreceri sau pe la vreo sindrofie, după vreo nuntă, te trezeai cu o mare de ciorapi albi cu dungulițe care prelungeau costume grele, încheiate cu cravate late, dansând absurd pe covorul persan ce acoperea parchetul bine lustruit. Ciorapi albi de frotir, la costume închise la culoare. Iar dacă nimereai cumva iarna, puteai întâlni femei cu blănuri aduse din Rusia pe ele, în apartament, deasupra fustelor groase de postav, dar fără încălțări în picioare.

Lui Gruia îi puțeau picioarele în așa hal, încât mamei i s-a făcut rău, a găsit o scuză și s-a dus în baie. N-a mai ieșit de acolo până când oaspetele n-a plecat. Mi-o amintesc plângându-se două săptămâni mai târziu că trebuie să ținem în continuare geamurile deschise pentru că încă nu a reușit să scoată putoarea care se impregnase în pereții proaspăt zugrăviți. Poate și de asta a fost atât de fericită când ne-au anunțat că apartamentul nostru din blocul cel mare era terminat și că ne puteam muta în el, după acea haltă provizorie.

De fapt, tot ce povestesc acum de la acele picioare nespălate mi se trage. Sunt în tren, într-o cușetă cu două paturi, și vecinul meu s-a descălțat. Am recunoscut imediat mirosul acela. L-am privit pe om cu interes. Nu era Gruia. Ar fi trebuit să aibă astăzi peste 70 de ani. Era un om tânăr. Culmea e că mirosul nu m-a deranjat defel. Din contră, mi-a readus în minte întreaga copilărie, dar în special zilele acelea. Și e unicul responsabil pentru această bergsoniană revărsare de memorie involuntară. Un stimulent grozav pentru circumvoluțiunile adormite ale creierului, vinovat pentru acest timp pe care mi l-am imaginat sau poate doar l-am dorit, pentru totdeauna pierdut și pe care, se pare, iată, l-am regăsit.

CUPRINS